I was born to love you
～秘書は前世の夫に恋をする～

目　次

I was born to love you

～秘書は前世の夫に恋をする～

プロローグ

私は齋藤未華子《さいとうみかこ》、現在二十三歳のＯＬとして生きている。

誰にも言ったことはないものの、私の中には高橋美嘉《たかはしみか》という女性が存在していて、生まれた時から彼女の記憶を持っていた。

いや、というより、外見は齋藤未華子だが中身は高橋美嘉。齋藤未華子の人格を追いやったというわけではなく、もともと高橋美嘉で――

ややこしい感じだけど、要するに齋藤未華子は、高橋美嘉の生まれ変わりだ。

私はある目的があって、こうして転生してきた。

私はそれを遂行《すいこう》するために生まれてきた、と言っても過言ではない。

その目的とは――

「不破《ふわ》専務！」

オフィスの廊下を歩く上司の背中が視界に入り、私は急いで声をかける。

呼び声に気がついたその男性は足を止めて、ゆっくりと振り返った。

彼の名は、不破修二《しゅうじ》。

私の勤める黎創《れいそう》商事の専務取締役である。

私は半年前から彼の秘書を任されているのだ。彼のスケジュールを管理し、常に行動を共にしている。

黎創商事は、日本トップクラスの総合商社。いくつも傘下《さんか》企業を持ち、エネルギー事業や、機械、生活環境、化学品、金属など様々な分野の商品を取り扱っている。

そんな会社の専務に四十二歳の若さで就いている有能な男性、それが不破専務だ。

四十二歳ならではの大人の色気と、どこか憂《うれ》いの漂《ただよ》う甘いマスク。メタボなんて縁遠い、長身ですらっとした体型は細身のスーツがよく似合う。

艶々《つやつや》とした黒髪に最近白髪《しらが》が出てきたんだ、と悩むのも彼の魅力の一つ。あまり目立たないものを気にしているところが可愛いと思う。

そんな彼の左手薬指には、結婚指輪が嵌《はま》っていた。時折その指輪を眺《なが》めて、彼は哀愁《あいしゅう》を帯《お》びたため息を漏《も》らす。

そう、彼は既婚者……だった。

早くに妻を亡くし、現在は独り身。亡くなった妻のことを今でも一途に愛しているところが女性社員の心を掴んでいて、とても人気が高い。

二十代後半から三十代前半の働き盛りの独身男性社員よりも人気が高いってどういうことよ？

社内の女性たちは、どうにか不破専務に気に入ってもらおうと、あれこれ作戦を立てている。彼の誕生日やバレンタインデー、クリスマスなどイベントごとにアタックをする人はあとを絶たない。

しかし、今のところヒットはなし。不破専務の心を射止めた女性は出ず、彼の指には今でも亡くなった妻との結婚指輪が光っている。

未だに妻との思い出の場所へ頻繁《ひんぱん》に出かけて懐かしんでいるし、命日には必ずお墓参りをしていた。時々、妻の写真に向かって語りかけていることも知っている。

なぜそんなことを知っているのかというと、私――齋藤未華子は、彼の元妻の生まれ変わりなのだ。

∞　∞　∞

高橋美嘉は、死を迎えた時は不破美嘉だった。

私と修二は大学に入学した年の夏に付き合い始め、私の十九歳の誕生日に入籍していたのだ。

「まだ学生の身分で結婚など早い」と親に咎《とが》められたけど、遅かれ早かれいずれ彼と結婚するのだから今すぐしたいと譲らず、一緒になった。

今思えば若気の至り、ただの勢いだった部分もあるものの、私たちの新婚生活は甘く楽しくて毎日が幸せで溢《あふ》れていた。

ワンルームマンションに住んで、アルバイトをしながら大学に通う。恋人の延長みたいな結婚生活だったけど、ずっと一緒にいられることが嬉しくて、彼が愛《いと》しかったのを覚えている。

修二も、私をたっぷりと愛してくれて、最高に幸せだった。

それなのに、ある日突然、その幸せな時間は幕を閉じることになる。

当時人気のアパレルショップでバイトをしていた私は、自分の仕事が終わったあと、修二がバイトをしている居酒屋に向かっていた。

彼の勤務終了時間まであと少し。外で待って一緒に帰ろう。

そう思って歩いていた途中——

一台の車が歩道に向かってきた。

運転手は飲酒していたようで、アクセルとブレーキを踏み間違え、車が猛スピードで私に突っ込んできたのだ。

私は一体何が起こったのか理解できず、体験したことのない衝撃に襲われる。

そこで周囲が真っ暗になり、一瞬記憶が途切れた。しばらくして静かになった気がして目を開けると、私は宙に浮き、縁石を越えて歩道に乗り上げコンビニの駐車場の壁にぶち当たっている車を、上から見下ろしていた。

——何、これ？

さっきまで持っていたバッグの中身が、地面に散乱している。布製のバッグは破れてタイヤ痕がついていた。

前方が大破している車の下からは、おびただしい量の血液が流れている。

——あれって……私の、血？

パトカーや救急車が到着し、救助隊や救急救命士が車を移動させる。見るに堪《た》えない私の体を起こして蘇生を試《こころ》みてくれるが、動くわけがない。

運転手も被害者も即死の無残な交通事故。

何も知らずにバイトを終えた修二は、携帯電話に知らない電話番号から着信があったことに気がつくと、その番号に電話をかけ直した。

そして妻が交通事故で死んだことを聞かされたのだ。

彼は混乱し、そんなはずはない、何かの間違いだと動揺した。その後、感情を剥《む》き出《だ》しにして怒り出しもした。

病院で私の死体を見てもまだ現実を受け止められず、泣きながら「これは夢だ」と言い続け、信じなかったのだ。

その様子を上から見ていた私は、どうすればいいか分からなくなった。

突然訪れた死。

愛する人を残し、別れの言葉も言えず離れてしまった悲しみ。何度彼に話しかけ励《はげ》ましても、私の声は届かない。

苦しんでいる彼に「ここにいるよ」と声をかけようと、気づいてはくれなかった。

――どうしたらいい？　私はどこに行けばいいの？

私自身、死んだことを受け入れられなかったせいもあり、何日も修二の傍《そば》を離れられずにいたけれど、無意味に時間が経つばかり。数週間後、この状態で傍《そば》にいても何も解決しないと思い始めた。

きっと私が成仏《じょうぶつ》しないと、私も彼も先に進めない。

ならば、自分にできることをしよう、と私は天に昇る決意をした。

そうして天上世界に行った私は、導かれるまま死んだ魂《たましい》の集まる場所へ向かった。

雲の上の真っ白な世界。

数えきれないほどの魂《たましい》が、次の転生先を聞くために列をなしている。その最後尾に並んで、美しい天使たちの監視のもと順番を待った。

ついに私の順番になり、名前を呼ばれる。同時に、天使が透明なガラスのようなものでできたハンドベルを高らかに鳴らした。

「おめでとうございます！　あなたは善良魂《ぜんりょうこん》の十億人目です。記念として、記憶を残したまま、好きな場所や時代、ものに転生できる特典を差し上げます!!」

「ええ……っ!?」

——善良魂？　特典!?　何、それ？

勝手も分からない状況で、そんなことをいきなり言われても困る。

何がどうなっているのか見当もつかず、私は嬉しそうに微笑《ほほえ》んでいる天使を見つめた。

「残念なことにあなたは若くして亡くなってしまった、善良な生き方をしてこられた魂《たましい》なので、この特典を受け取れます。さぁ、次は何に生まれ変わりたいですか？」

急に言われても……。全く予想していなかった展開に、戸惑《とまど》いしかない。

高橋美嘉は、もう死んでしまった。

本来ならここで手続きをしたあと、記憶を消され、まっさらになった魂《たましい》が次の生き物に生まれ変わるらしい。鳥などの動物や、植物という可能性もあるとか。同じ人間になることもあるし、その際、日本人じゃなく、別の人種になることもあるそうだ。

好きな場所、好きな生き物に生まれ変わらせてもらえるという素晴らしい特典を手に入れた私は、しばし考えを巡らせた。

猫になって、ごろごろとのんびり生きるのもいいな。猫だったら、いるだけで可愛いもん。そんな可愛い存在には憧れる。

でも――

私の心に浮かぶのは、修二のこと。

結婚して間もない旦那を残して、死んでしまった。できることなら、高橋美嘉として彼のもとに帰りたい。

それが一番の望みだ。

「あの……生き返ることはできませんか？」

「それは無理です。そんなことをすれば、天下の世界が混乱します」

「です、よね……」

できるのは、次の転生先を好きに決められることだけ。

「だったら――」

修二の近くに生まれたい。そして女の子になって、もう一度彼の傍《そば》に行くのだ。

――もう一度、修二に会いたい。

私はそう願ったのだった。

∞　∞　∞

こうして私は齋藤未華子として生まれ変わった。

リクエスト通り、女性として生まれたし、成長した現在の姿は身長百五十五センチくらいの細身で股下が長く、胸はそこそこに大きい。顔は可愛い系で、髪は少しだけクセありにしてもらったため、巻き髪や斜めに流れる前髪が作りやすい……あらかじめ事細《ことこま》かにカスタマイズさせてもらったのだ。

「これぞ、修ちゃん――不破修二の好みの女！」

そんな女に生まれ変わることに成功した。

高橋美嘉はどちらかというと太りにくい体質で胸はぺっちゃんこだったたし、背は百七十センチと女性にしては少々高かったのだ。

修ちゃんが百八十センチだから、長身カップルでお似合いだと友人にはなぐさめられていたものの、彼の好みからは外れていたことくらい知っていた。

そんなふうに生まれ変わった先である齋藤家では、晩婚だった両親が、不妊治療の末に授《さず》かった娘である私をたいそう可愛がり大事に育ててくれた。

大企業の役員である父と、専業主婦の母。

いつも穏やかで優しい家庭の中で、私はすくすくと育つ。それなりの知識を持ったまま転生してきたお陰で成績優秀だったたし、運動神経は人並みで、順調に過ごしたのだ。

そして物心ついた頃から、修二を探し始めた。

小学生の時に、修二と美嘉が新婚生活を送っていたマンションまで捜索に行ったこともある。その際、なかなか帰らなかったせいで、迷子になったと勘違いされ警察のお世話になってしまった。

土地勘のない場所になぜ一人で行ったのか、誘拐だったのではないかと周囲は驚き騒《さわ》いで、両親もとても心配していた。

——お父さん、お母さん、ごめんなさい。一人で出歩くのは、まだ早かったかも……

反省した私は、もう少し大きくなるまで機会を窺《うかが》いながら過ごす。

やがて中学生になり再びチャレンジしたところ、以前、美嘉と修二が住んでいたマンションは取り壊されて、民家とパン屋さんに変わっていた。

——困ったな……

ここで修二の消息は途絶える。

自分たちが死に別れて十四年が経っているから当然なんだろうけど、盲点だった。

生まれ変われたら、また修ちゃんに会える——

その一心でこれまで生きていたのに、彼の行方《ゆくえ》を見失ってしまっては、目的が果たせなくなるではないか。

茫然《ぼうぜん》自失になった私は、ふらふらとした足取りで歩き出した。

これからどうすればいいだろうと途方に暮れ、肩を落として歩いているうちに、大型書店の前に着く。その書店にはＣＤコーナーが併設《へいせつ》されているらしく、店内から聞いたことのある歌が聞こえてきた。

「あ……」

美嘉であった頃の私が好きだったアーティストが、ベストアルバムを出したのだ。モニターから彼女のミュージックビデオが流れている。

そのアーティストは、一世を風靡《ふうび》した女性歌手で、今年でデビュー十五周年らしく、大々的に取り上げられていた。

修二と結婚する時に、彼女のウェディングソングをよく聞いていたな――と懐かしむ。

私は書店の中に足を踏み入れて、奥のＣＤコーナーに向かった。店内はそのアーティスト一色で、ポスターや映像でＰＲされている。

懐かしいミュージックビデオをじっと見ていると、隣に私と同じように足を止めて見ている人物がいることに気がついた。

その人のほうに視線を向け、心臓が止まりそうになる。

――修ちゃん！

目の前のスーツを着た男性は、微動だにせずモニターを見つめている。その横顔は間違いなく修二だ。年齢を重ね、以前よりも少し男らしくなった気がした。

ずっと会いたかった人が目の前にいる。

――どうしよう、声をかける？　でも、今、私は中学生で、修ちゃんは三十三歳。

まっとうな社会人の男性が、見知らぬ中学生と会話なんてしないだろう。相手にしてもらえないのが目に見えている。

むしろ、何か犯罪のにおいがすると警戒される可能性すらある。

――ここは……我慢して離れるべき、だよね。

後ろ髪を引かれながら、私はそっと彼の傍《そば》を離れた。そして遠くの本棚の陰から、久しぶりの修二を眺《なが》める。

――ああ、年を取っても全然変わらない。っていうか、むしろ渋くなって格好よくなってる。大人の男性っていうの？　色気が増した気がする！

それから……ふと視線を落とすと、左手の薬指に指輪が見えた。

――指輪してる。もしかして、再婚したの？　うそうそ、嘘《うそ》でしょ!?　私以外の人を好きになっちゃってるの？

血の気が引いた私は、急いで彼へ忍び足で近づく。そして彼の左手をじっと見つめ、その指輪が見覚えのあるデザインのものであることに気がついた。

――これ……！　私との結婚指輪だ。

まだしてくれてるの……？

十四年経っても、彼が自分との結婚指輪をしてくれていることに胸を熱くする。

——修ちゃん……今でも私のことを忘れないでいてくれているんだね。嬉しい。

でもそれと同時に、こんなにも長い時間、彼を縛り続けていることに罪悪感を抱いた。

——私がいなくなってから、どんなふうに過ごしてきたの？

寂しい思いをしたかもしれない。苦しめたかもしれない。ごめんね、先にいなくなって本当にごめん——

そんなことを思い涙を零《こぼ》していると、通りすがりの人に不審な目で見られた。

いけない、こんなところで泣いていたら変だよね。

私は涙を拭《ぬぐ》って、もう一度遠くへ離れる。

中学校の制服を着た私は、修二に近づくことができない。

だけど、彼がまだこの辺りに住んでいるということと、未だにあのアーティストが好きなこと。

それを知れて嬉しかった。

彼があのアーティストのベストアルバムを買ったのを見届けて、私も同じものを購入する。

そのアルバムを見ていると、元気が湧いてきた。

今は離れ離れだけど、この先絶対、彼と再び巡り合えると信じられる。

だって私たちは運命の相手だもん。

——生まれ変わってもまた愛し合えるよね……？

そう信じていた。

それから八年後――

彼の働いている会社を突き止め、私はそこへ就職した。

そして専務になっていた彼の秘書になるべく入社後も必死で勉強し、すぐにその座に就く。

――今、私は、最愛の旦那さまの秘書をしています。

1

不破専務の一日は、とても忙しい。

特にここ最近は、数年後に日本で行われる世界的なスポーツの祭典のため、新プロジェクトの準備に追われている。

私はそんな彼の負担が少しでも減るよう、日々努力しているのだ。

「――不破専務、今夜は誠仁《せいじん》建設の烏山《からすやま》さんとの会食が入っていますので、昼食は軽めがいいかと思います。この辺りのお店で何か買ってきましょうか？」

「ああ、そうだね。そうしてもらっていいかな？」

「はい」

専務の執務机の横に立った私は、彼ににこっと微笑《ほほえ》みかける。そして流れるような所作で静かにその場を離れた。

社内の廊下を颯爽《さっそう》と歩いていると、ふとガラス窓に映る自分の姿が目に入る。

肩下まで伸びたダークブラウンの髪は、ゆるふわに巻いて、女性らしさを演出していた。スーツは、綺麗めな色をしたブランドもののスカートスーツ。ジャケットのウエストラインが締まっていて、タイトスカートとのバランスもセンスがいい。落ち着いた上品なデザインがお気に入りだ。

パンプスは、足のラインが美しく見えるようにハイヒールにしている。歩きやすさは大事だけど、見た目の美しさを損《そこ》なうものは選べない。ピアスなどのアクセサリー類も、品のいい小ぶりなものをつけていた。

どこからどう見ても、モテ要素ばっちり！

これぞ「できる秘書」といわんばかりの完璧なスタイルで臨《のぞ》んでいる。だというのに、肝心の修二は全く私に興味なし。

仕事の話はきちんとしてくれるもののプライベートに関しては鉄壁で、入り込む隙を与えてくれない。

ため息をつきつつ会社を出て、私は近くのビル地下にあるデリカテッセンへ向かった。

こうして昼食を買う時も、修二の好きなものをばっちり選んでいる。

彼の望む以上のことを先回りしてやっているつもりなのに、彼が私を女性として意識している素振りは皆無《かいむ》だ。

――どうして……？

修ちゃん以外の重役のおじさま方は、「齋藤くん、いいね」と鼻の下を伸ばして褒めてくれるのに！

買い物を終えたあとは、重役たちのいるフロアへ戻る。

「ただいま戻りました」

「ありがとう、手間をかけたね」

「いいえ、そんなことないです。あの……私も専務と昼食をご一緒してもよろしいですか？」

「あ――。悪い、今日は一人にしてくれる？　食事しながらプライベートな用事を済ませたくて」

「……そうですか。かしこまりました」

断られ、しゅんと肩を落とす。

こんなにも修ちゃんが好きなのに！　こんなにもアピールしてるのに！　ぜんっぜん相手にされてない。

静々《しずしず》と廊下に出た私は、頭を抱えてしゃがみ込む。

「ああ……もう」

――修ちゃんって、こんなにガードが堅かったっけ？

私と修二が付き合ったのは大学生の時だったから、軽いノリで遊んでいて、告白されたのが始まりだ。好きな食べ物やアーティストが一緒だったので、すんなりと親しくなった。

こんな苦労せずに、簡単に仲良くなれたはずなのに……

フラれてしまった私は、休憩室へ向かう。一人で椅子に座り、買ってきたサンドイッチを袋から取り出した。

エビ好きの修二には、エビとアボカドの入っているサンドイッチを選んだ。

昔からエビとアボカドの組み合わせに目がないのを知っているため、迷わずそれにした。きっと今頃、喜んで食べているに違いない。

私のはローストビーフがたっぷり入ったサンドイッチ。

——一緒に食べたかったな……

それでも前よりはマシかもしれない。

黎創商事に入社するまでの数年間、彼は街中で見かけるだけの存在だった。

高校生になっても大学生になっても彼に話しかけることはできなくて、遠くから見ているしかなかったのだ。

スーパーで買い物をしているところや、コンビニにいるところに遭遇できたらラッキー、的な感じ。

改めて思い返すと、ストーカーみたい。

でも仕方ないよ、接点がないんだもん。転生してきたせいで、十九歳も年の差ができてしまった。

これは最初から分かっていたこと。

それでもいいから、修二のいる世界でもう一度生きたいと願った。

だから後悔などないけど、こうも相手にしてもらえないと、さすがにヘコんでくる……

そもそも同じ会社であっても、秘書になるまでは、全くと言っていいほど会えなかった。

遠くで見つめるだけだったのと比べて傍《そば》にいられる分、まだよくなったのは確か。

でも、食事に誘っても断られるし、飲み会で酔って絡んでも、たしなめられてスルーされる。プライベートな質問をしてもうまくかわされてしまう。

今のところ全敗だよ。一度くらい私の誘いに応じてくれてもいいのに。

——四十二歳ともなると、二十代前半の小娘なんて恋愛対象外なのかな？　もっと大人な女性がいい？

年齢はどうすることもできないものの、せめて見た目だけでも——とスマホを取り出して、雑誌アプリを開きファッションの勉強に励む。

本当はもっと根本的なところでNGをくらっているのかもしれないと気がついているけど、諦めるわけにはいかない。

ここで諦めたら、生まれ変わってきた意味がなくなる。

他にも、恋愛のテクニック本を読んでいると、いろいろなアドバイスを見かけた。

「お酒の力を借りて、カラダの関係を先に持つ……」

そんなテクニックがあるのか——と、私は感心する。

高橋美嘉時代は結婚していたくらいだから、修二と体の関係があった。お互いに初めて同士で緊張しながら結ばれたことを思い出す。

新婚生活は、それはもう十代の性欲真っ盛りでラブラブだった。思い出すだけで恥ずかしくて照れてしまうほどだ。

もう一度あんなふうになれたらいいなと思う。ところが、私は転生したので、当然のごとく処女にリセットされている。

加えて、スタイルこそ以前よりもバージョンアップしたとはいえ、全く相手にされていない。今、彼を襲ったりなんかしたら痴女扱いされて嫌われそう。

——っていうか、二十三年もエッチしていないんだよ。やり方を忘れちゃったよ！

それにまた初体験になるってことでしょ？　確か最初は痛かったはず……

齋藤未華子としての学生時代、私は友達と恋愛やエッチな話になると興味がないと言って、それをスルーしていた。

そんなふうに知識を更新していないせいで、もはやエッチがどんなものだったか思い出せないという危機的状況に陥《おちい》っている。

経験値ゼロで大丈夫なのだろうかと不安なものの、修二以外の人と経験を積むなんてできないし、するつもりも毛頭ないのだ。

こうなったら、なんとしてでも彼に責任を取ってもらうしかない。

「豪速ストレートで行くしかない」

体の関係から始めるとか、誘惑して相手をその気にさせるとか、そんな回りくどいことをしていたら、修二はどんどん年を重ねていってしまう。

今よりもっと相手にされない可能性が高まるだけだ。早く気持ちを伝えてしまうほうがいい。

「よし！」

気合を入れた私は、勢いよくサンドイッチを頬張った。

その晩、烏山さんとの会食に同行した私は、食事が終わったあと、修二を送ろうと一緒にタクシーに乗り込んだ。

「齋藤さん、先に帰っていいと言っておいたのに……」

「いいえ。私は不破専務をご自宅にお送りしてから帰ります。ちゃんとご帰宅を見届けないと心配ですので」

後部座席に並んで座る二人の間は、かなり空いている。もう少し密着してくれてもいいのに……なんて思うけど、そんなことしてくれないよね。

「おいおい。年寄り扱いしてないか？　そこまで心配してもらわなくても、ちゃんと帰れるよ」

「年寄りだなんて。不破専務はミドルエイジの素敵な男性です」

中年じゃなくて、ミドルエイジ。紳士的な色気がある、大人の男性――そんな意味を込めて答える。

――数々の女性があなたを狙っているから、誰かに奪われないか心配なの。

だからちゃんと送り届ける。

「はは。ミドルエイジ……ね」

修二は少し苦い顔で笑う。

「すみません、気を悪くされましたか？」

「ううん、そんなことはないよ。でもさ、もうそんな年になったんだなと、僕も年を取ったんだなーと思ってね」

私と結婚生活をしていた時は十九歳だったけど、今彼は四十二歳。

日本人男性の平均寿命が八十一歳と言われている現代、もう折り返し地点を過ぎているということだ。肉体的なところでは、若いとは言《い》い難《がた》い。

「齋藤さんは、確か二十三歳だったね。総務課だったのに、秘書課に異動願いを出してきたんだっけ。その溢《あふ》れんばかりのバイタリティを見習わないと」

優しく穏やかな微笑《ほほえ》みを向けられ、胸がきゅんと反応する。

彼の言う通り、私は黎創商事に入社した当初は総務課に配属されていた。

でも、どうしても修二の傍《そば》にいたくて、会社帰りに英会話を習い、秘書検定を受けた。そして入社間もないくせに上司にお願いして昇格試験を受けさせてもらい、面接をクリアしてこの場所にたどり着いたのだ。

――血の滲《にじ》むような努力をしてきたのは、全部あなたに会うためなんだよ。それが私の全て。

「ちょっと酔ったかな。変なことを言ってごめんね」

「いいえ」

今の私があるのも、ここに存在しているのも、全部修二のため。

だから――

いろいろと考えている間に、彼は背もたれから体を起こして運転手に話しかけた。

「あ、ここの角を曲がったところにあるマンションです。齋藤さん、今日は遅くまでご苦労さま。気をつけて帰るんだよ」

彼は自分の住むマンションの前でタクシーを停車させる。私はすぐさま会社支給のタクシーチケットを運転手に渡して、一緒に降りた。

「あれ……？　どうしたの。君の家はこの辺じゃ……」

彼はタクシーを見送る私に驚いている。そんな修二のほうに姿勢を正して向き直った。

「あの……不破専務、お話があります」

「どうしたの？」

「私と結婚していただけませんか？」

「……はっ!?」

これが私の豪速ストレート。

恋人なんてまどろっこしいことを今から始めていたら、時間がいくらあっても足りない。早く夫婦になって、前の結婚生活の続きがしたいのだ。

そんな暴走した想いを何十年も抱えてきた。そして、相手の気持ちを考えずこんなことを言ってしまうほど、私は切羽《せっぱ》詰まってる。

「あのね、齋藤さん。おじさんをからかうものじゃないよ」

ははは、と笑ってごまかそうとする彼をじっと見つめて返事を待った。そんな真顔の気迫に負けたようで、彼の笑みがすっと消える。

「冗談じゃありません。私、不破専務が好きです。結婚してください」

「どうしてそんなこと……。僕と君とじゃ何歳離れていると思っているんだ？　ええと……十八か十九くらい開いているだろう？　釣り合わないよ」

「恋愛に年齢って関係あるんですか？　私が子どもだからダメなんですか？」

ぐいぐい押し迫ると、修二は困惑した表情を浮かべて後ずさりする。

「そういうわけじゃないんだけど……恋人でもないのに、いきなり結婚って……。どうしたの、並々ならぬ理由でもあるの？」

最近の若者の中では、二十代前半で結婚を決める人は少数派だと思う。

女性でもキャリアを積んで仕事にやりがいを見つける幸せがあるし、一生結婚しない人だっている。

それなのに、この若さで結婚を焦《あせ》っている私には何か理由があるのではないか。そういう結論に、彼は行き着いたらしい。

——まぁ、あると言えば、あるんだけど。

「好きな人のお嫁さんになりたいと願うのは、おかしいことですか？」

「いや、そんなことはないけど……。わざわざこんな年上の僕を選ぶことはないって話だよ。大体、僕のことをどれだけ知っているの？　何も知らないでしょう？」

その彼の一言に、私はムッとくる。

——知ってるよ、全部。

パジャマは着ない主義だし、朝食は牛乳だけで済ませる。洗濯は好きだけど、取り込んで畳むのは苦手とか。それから、それから……

挙げていけばキリがないくらい、修二のことを知っている。

「僕は若い時に学生結婚をして、妻を亡くしてる。その人のことをまだ愛しているし、この先、死ぬまで、他の女性とどうこうなろうというつもりはないんだ」

――修ちゃん……

フラれているのに、熱烈な愛の言葉をもらって胸が熱くなる。

――そんなにも私のことを今でも愛してくれているの？　もうっ、どれだけ愛されてるの、私！

「あの……齋藤さん？　聞いてる？」

思わず顔がにやけてしまい、不審に思われたようだ。気がつけば、彼が眉間《みけん》に皺《しわ》を寄せて怪訝《けげん》な顔で見つめていた。

「失礼いたしました、聞いております」

「だからね、今回のことは聞かなかったことにするよ。僕らは仕事上の大切なパートナー同士だ。その関係を悪いものにしたくない」

仕事に支障が出ないように、スマートに断る彼の態度は素敵だ。ますます修二が好きになる。

――他の女性に見向きもしないくらい、美嘉《わたし》のことをまだ想ってくれているんだよね？

私たち……今でも両想い。

だったら私も、もう手加減しない。

「聞かなかったことになんてしないでください。不破専務は私が何のために転生してきたと思ってるんですか？」

「え……？」

何を言い出したのかと怯《ひる》む彼に詰め寄って、話を続ける。

「私は高橋美嘉よ。あなたの嫁だった美嘉。あの事故で死んでから、すぐに生まれ変わったの。

やっと相手にしてもらえる年齢になったから、こうして会いに来たんだよ」

「何を……言って……？」

完全に酔いの醒《さ》めている彼は、顔色を悪くし目を白黒させている。

目の前の女性が知るはずのない妻の名前を言う、それどころか生まれ変わりだと主張までするから、混乱しているのだろう。

「生まれ変わりって……。映画や小説じゃあるまいし、そんなことあり得ないだろう」

「私だってそう思うけど、現実にこうして転生できた。美嘉の記憶が残ったまま、私は生き直してるの」

「悪い冗談を言うのは止めなさい」

「冗談じゃないもん。本当だし！」

すんなりと信じてもらえるはずがないと分かっていたけれど、なかなか受け止めてもらえないことに焦《あせ》る。

――どうすれば私が高橋美嘉だということを分かってもらえるの？

押し問答が続くが、話は平行線。

頭を悩ませていると、修二が質問を始めた。

「じゃあそこまで言うなら、美嘉の誕生日は言えるか？」

「五月二十五日の双子座のO型、その日は私たちの結婚記念日だよね」

「う……」

すらすらと答えた私にたじろぎ、彼は言葉を失くす。

もっと具体的に美嘉であったことを知らせるため、私は二人の思い出話を始めてみた。

「私たちは鳳凰《ほうおう》学院大学のウィンドサーフィンサークルで出会った。って言っても、名前だけのサークルで全然ウィンドサーフィンしてなかったけど」

サークルの活動としては、集まったメンバーと飲み会をするのがほとんどで、ウィンドサーフィンはほとんどしていなかった。それはそれで何だか面白くて好きだったけれど……。そんな中、年に一度だけ、合宿と称して海の家に泊まりに行くイベントがあった。

大学一年生の夏、修二やサークル仲間と一緒にそのイベントで海へ行ったのだ。その時に告白されて、それから付き合い始めた。

「ね？　美嘉でしょ。普通なら、こんなこと知らないはずだよ」

「確かに……そう、だけど」

その後も、二人の新婚エピソードを話していると、修二の顔つきが変わってきた。きりっと締まっていた顔が緩《ゆる》んで、今にも泣き出しそうになっている。

「……ど、どうしたの？」

「ごめん……。本当に……本当に、美嘉なのか……？」

「そうだよ、修ちゃん」

彼が泣いているのを見て、私は彼の腕に手を添えた。

「美嘉……会いたかった……」

「私もだよ、修ちゃん」

ずっとずっと言いたかった。私が美嘉だってことを知ってもらいたくて仕方なかった。

傍《そば》にいられるようになるまで、どれだけの時間がかかったことか。気が遠くなりそうなほどの期間を経て、やっとこうして伝えることができた。

――涙を流してくれていることは……信用してもらえたってことだよね？　じゃあ、私を受け入れてくれる？

「修ちゃん、私――」

「いや、でも……。仮にそうだとしても、君は今、齋藤未華子さんだ。もう高橋美嘉じゃない。君は君の人生を歩まなきゃ、こんなおじさんになった俺と一緒にいるべきではない」

「…………え゛？」

急展開に驚き、思わず濁点つきの「え」を放ってしまった。

――いやいや。元嫁があなたに会おうと転生してきたって言っているのに、ここで突き放す？

そんな殺生《せっしょう》な！

「俺に会いに来てくれて本当に嬉しかったよ。美嘉ともう一度こうして会えただけで俺は――」

「無理！　結婚してくれないなんて、絶対無理!!」

閑静《かんせい》な住宅街に似つかわしくない感情剥《む》き出《だ》しの声を上げて、私は彼の話をぶった切る。

「そんなの絶対無理だから。私と結婚してくれないなんて、信じない」

「ええ……」

「修ちゃんに会うために何年かかったと思っているの？　この日を夢見て過ごしてきたっていうのに、結婚してもらえないなんて……ああ、もう目が回りそう」

頭に血が上《のぼ》ってクラクラしてきた。

齋藤未華子として、人生を歩むべきですって……？

――どうしてそうなるかな。ここは「もう一度一緒になろう」っていう感動的なシーンになるはずだったのに！

「……もし結婚してくれないのなら、私の初めてはどうでもいい他の男性に捧《ささ》げることにするし、そのあと、一生独りで生きて死ぬわ」

「お、おいおい……。そんな大げさな……」

「あなたに会いに転生してきたっていうのに、全く意味のない人生を送るなんて最低だよ。こんなの、私が浮かばれない。きっと成仏《じょうぶつ》できずに、また魂《たましい》としてこの辺りを一人で漂《ただよ》うことになる……」

私は頬に手を当てて悲しげな表情を浮かべ、悲壮感を全面的に押し出す。

こんなところで引き下がれない。

何のために今日まで頑張ってきたの。押すんだ、私！

「修ちゃんがこういう女の子が好きかと思って、この体にしてもらったのに……。この体で他の人と変なことしてもいいって言うの？」

「変なことって……何をする気だ」

「変なことって……その、いろいろよ、いろいろ！」

具体的なことを口にするのは恥ずかしくて濁《にご》したものの、大体伝わったみたい。

齋藤未華子であるけれど、中身は高橋美嘉。

元嫁が他の男とあれこれしているところを想像できたのか、修二のテンションは下がっていった。

「そういうことに……なるな」

「そんなの嫌だよ。私、修ちゃんと結婚して、もう一度結婚生活を送り直したいの。ただそれだけのために……私……」

会社で一緒にいられるよう秘書になり仕事を共にしても、女性として意識してもらえない。

直球で告白するも玉砕《ぎょくさい》。

美嘉だと打ち明けたあと、脅したり、泣き落としを始めたりと、完全に面倒くさい女だと思う……でも、なりふり構わずでもいいからあなたと一緒になりたい。

――こんなにも好きなの。

齋藤未華子として二十三年間生きてきて、男性に好意を持ってもらうこともあった。それでも私の心が動くことはなかった。

いつでも修二を想っていたし、修二に会うことだけを目標に頑張ってきた。

離れていても会えなくても、ずっとあなたに恋をしている。

――不破修二じゃなきゃ、絶対に嫌なの。修ちゃんしか好きになれない。別の体になってしまったけれど、美嘉《わたし》のことをまだ想ってくれているのなら受け止めてほしい。

肩を揺らして泣いている私の傍《そば》に寄り、修二はそっと肩に手を置いた。

「……分かった」

「え……？」

「ちょっと冷静になろう。今日は遅いし、もう帰りなさい。若い女性がこんな時間に外にいるのはよくない。ご両親も心配されるだろう」

どうしてそうなる……？

さすが鉄壁の男、不破修二。全然ぶれない。

項垂《うなだ》れそうになるのを我慢して、彼の顔を見つめる。

「じゃあ、修ちゃんちに泊めて」

「ダメだ。恋人でもない女性を泊めるわけにはいかない」

「私は美嘉よ。修ちゃんの嫁です」

ああ言えばこう言うみたいなやり取りが繰り返されて、呆《あき》れた修二は私から離れて背を向けた。

「聞き分けの悪い子だな。君はそんなに呑み込みの悪い人だったのか」

——もしかして、怒ってる？　子どもみたいな真似をして、修二に迫ったりしたから、嫌われた？

彼の表情が見えなくて、不安になってくる。

「……ワガママばかり言って、ごめんなさい。でも修ちゃんの傍《そば》にいたいの。だって、修ちゃんのことが好きだから」

——だから嫌わないで。私のこと、拒絶しないでほしい。

修二の前に回り込んで顔を覗き込むと、いつもの彼からは想像できないくらい柔らかな表情を浮かべていた。

「修ちゃん……？」

「とにかく、即決できることじゃないだろう。少し時間をくれないか」

「お泊まりのこと？」

「違う。泊まりはダメだ、帰りなさい。そうじゃなくて、結婚のことだ」

——結婚について、考えてくれる？

今の柔らかい表情を見ている限り、前向きに検討してくれるように受け取れる。

「分かった、待つ。いい返事待ってるね」

私は背伸びして二十センチほど背の高い彼に抱きつき、そのくちびるにキスをした。

「……っ！」

「修ちゃん、大好き！」

満面の笑みを浮かべ、気持ちを伝えた。

四十二歳のダンディな男性が、キス一つで思いっきり照れているのを見て、私は新たな魅力を発見する。そしてますます修二を好きになるのだった。

2

あの頃、修二は大学の近くに下宿していて、美嘉であった私は、実家に住んでいた。

授業が終わったあとはそれぞれバイトに行って、それが済んでから私が彼の家に遊びに行く。うちの門限は二十二時。

私たちが一緒にいられる時間は少なくて、どれだけ一緒に過ごしても物足りなさを感じていた。週末はべったりと長い時間を共にしていたものの、まだまだ足りない。

「も……帰る時間、だから。ダメ……修ちゃん」

「分かってる」

分かってると言いながら、修二は私の背後に回ってTシャツの中に手を忍ばせる。その手は奥へと進んでいった。

「ほんとに、ダメだってば。さっき、したばっかりでしょ……」

「美嘉のお尻見てたら、またしたくなった。もう一回」

さっきまでベッドの上で愛し合っていたのに、もう一度したいと迫られる。うなじにキスをされて、柔らかなくちびるが何度も肌に吸いつき、甘い音を立てた。

修二は一人暮らしだから時間を気にしなくていいけれど、私は実家暮らしだ。門限を守らないと心配性の父が鬼のように電話をかけてくる。

ベッドの下に転がっているPHSのディスプレイの時刻を見て、修二の手を掴む。

現在時刻は二十一時を過ぎたところ。このマンションから私の家まで三十分はかかる。早くここを出ないと間に合わなくなってしまう。

「お父さんに怒られるってば」

「大丈夫、すぐ終わらせる」

「そんなこと言って……すぐ終わらないくせに」

ダメだと言いながらも、こうして修二に求められるのが嬉しい私は、彼の手を振り解かない。

Tシャツを捲《まく》り上《あ》げられて胸を揉《も》みしだかれ、ショーツだけだった下半身にも彼の手が伸びてきている。

「美嘉だって、もう一度したかっただろ？　ほら、こんなに濡《ぬ》れてるし」

「ちが……っ、あぁ……、もう。さっきのが、まだ……」

一回目の余韻で濡《ぬ》れているだけだと言いたいけれど、彼が触れるたびに奥からとめどなく蜜が溢《あふ》れ出して、水音が激しくなっていく。

「すぐ挿《い》れたい。美嘉の中、すごく気持ちいいから病《や》みつきになる」

「あ、っ……ん、んう……はぁ……っ」

ぐちゅぐちゅと耳を塞《ふさ》ぎたくなるような淫猥《いんわい》な音が部屋中に鳴り響く。

このマンションの壁は厚くないから、隣の部屋に聞こえてしまうんじゃないかと心配になった。

それでも激しくなるばかりの行為を止められない。

「挿《い》れていい？」

吐息交じりの甘い声におねだりされて、私はこくんとしおらしく頷《うなず》く。

このまま繋がったら、完全に門限に間に合わなくなる。分かっているはずなのに、修二に貫《つらぬ》かれる快感を知っている体は、欲求に抗《あらが》えない。

「美嘉、好きだよ」

ベッドにうつ伏せになって、お尻を突き上げて彼を待つ。早急に準備を整えた彼は、とろとろになっている場所に屹立《きつりつ》を宛てがった。

「……っ、は……。やば、二回目なのに、すごく興奮してる」

修二が言う通り、一度出すと二回目は勃ちが悪くなるはずなのに、さっきと変わらず膨張したものは私の中をぐりぐりと強く擦《こす》り上《あ》げる。お腹《なか》の奥に圧迫感を覚え、体をビクビクと震わせて感じてしまった。

「後ろから挿《い》れたから、奥まで当たる？　ほら……ここ。一番奥だよな」

「あぅ……っ、そ、んなの……苦し……っ」

最奥にぐりぐりと擦《こす》りつけられて苦しいはずなのに、きゅううっと中が締まる。

「締めつけすぎ。力抜いて」

「あん……っ」

尻肉を両手で掴まれて、大きく開かれる。

きっと全部見えているに違いない。それがすごく恥ずかしいのに、体は燃えるように熱くなり、どんどん高まっていく。

「美嘉のココは、本当に俺が好きだよな」

「修ちゃんだって……好きでしょ……っ、んん！」

「ああ、好きだよ。何度しても足りないくらい好き」

お互いに今まで何人か付き合った人がいたものの、性体験をするのは初めてだった。

最初の頃は気持ちよいどころか痛かったけれど、だんだん彼に馴染《なじ》むようになってきて、こうして快感を得られるまでになったのだ。

若さゆえの欲求は止まることを知らず、時間さえあれば愛し合うほど何度も求め合っている。

飽きることなく何度しても、もっと欲しくなるくらいお互いに溺《おぼ》れているのだから、どうしようもない。

「だから……いっぱい突かせて」

「あぁぁっ……あっ、あん……っ。ん……はぁ……！」

腰を掴まれて、背後から突き上げられる。

そのたびにお尻がふるふると揺れて、全身に快感が弾《はじ》けていった。シーツを掴む手に力をこめて必死で体勢を維持しようとしているのに、後ろからの衝動がすごいせいで崩れそうになる。

「美嘉、気持ちいい？」

「うん……っ、気持ちいい……っ、ああっ！　修ちゃん、は……？」

「ああ。気持ち、いいよ。すごく……」

修二は言葉が途切れるくらい呼吸を乱している。

どんな顔で感じているのか見たくて、私は体を捻《ひね》り彼のほうに視線を向けた。けれど、すぐに顎《あご》を掴まれてキスで視界を阻《はば》まれる。

「う、ぁ……、っ……。んん……！」

苦しいほどのキス。

口内を本能のままにぐちゃぐちゃにされて、息がうまくできない。荒々しいそれに、全身に震えが走る。それさえも快楽として受け取った体が悦《よろこ》んだ。

上も下も修二でいっぱいにされて、頭がスパークしそう。

快感に溺《おぼ》れた私は酸欠状態になって、泣きそうになりながらも昇っていった。繋がったままビクビクと痙攣《けいれん》しているのに、ぴったりと密着した腰は離してもらえない。

上気した私の頬を撫《な》でたあと、修二は悩ましげな表情で微笑《ほほえ》んだ。

「どうしようもないほど可愛いな。そんなによかった？」

言葉が出なくて、こくんと頷《うなず》く。

振動で涙が零《こぼ》れたようで、修二はその一筋の雫《しずく》を拭《ぬぐ》ってから、私の体を反転させて正常位に移った。

いつも通りの体位に安心して、彼の首にぎゅっとしがみつく。

「修ちゃん……好き。離れたくない」

ずっと一緒にいたい。片時も離れたくないくらい好き。帰らないといけないって分かっているのに離れられなくなる。

いや、離れなければならないと分かっているからこそ、激しく求めるのだ。あと少し、あと少しと欲張りになる。

「俺も。ねぇ……美嘉。結婚しよう」

「え……？」

「今まで何度か結婚しようなって話はしていたけど……俺、最近本気で考えているんだ。美嘉と夫婦になれたらいいのにって」

突然の話で驚いたものの、大好きな人に結婚したいと望まれているのは、これ以上ない幸せなことだ。

恋愛の先に結婚があって、修二とならずっと一緒にいたいと思える。

付き合ってもうすぐ十ヵ月。喧嘩もたまにはあるけれど、一緒にいてこんなにも心地いい人はいない。

これからも一緒にいるのなら、彼の言う通り結婚するべきだ。

「まだまだ未熟だけど……俺と結婚してほしい。一生大切にするから」

この場だけの言葉じゃなくて、真剣なのだという思いが伝わってくる。

未成年だし、学生だし、子どもがデキてしまったわけでもない。

周囲から反対されることは容易に想像がつくものの、それらを全部跳《は》ね除《の》けて結婚したい。

「する！　私も修ちゃんと結婚したい！」

幸せいっぱいの笑顔で彼を見つめたあと、今までで一番熱い抱擁《ほうよう》を交わす。

最高潮に盛り上がった私たちは、その後もたっぷりと愛を確かめ合って、門限を大幅に過ぎてしまい、結果、私はお父さんに大目玉を食うことになったのだった。


――そしてその約一ヵ月後。私たちが結婚した日。

零時ちょうどに提出したいよねということで、私たちは腕時計で時間を確認しながら、日付が変わるのと同時に婚姻届を提出した。

少し迷惑そうな役所の人の態度も気にならない。私たちは婚姻届受理証明書をもらって、これで夫婦になれたのだと不思議な気持ちになった。

「こんなあっけない感じで夫婦になるんだね」

「まだ実感ないよな」

だけど私は、今日から不破美嘉になった。

住民票や戸籍の名前は変わっているだろうし、滞《とどこお》りなく手続きを済ませたので、正式に修二の妻と認められたのだ。

「まさか本当に結婚しちゃうなんてね」

「そうだな。勢いって大事だな」

両親に話した時は、絶対にダメだと大反対されたけれど、二人で説得して、何度も話し合いを重ねてやっと許可をもらった。

「悪いけど、絶対離婚しないからな」

「もちろん。私だって離婚するつもりないよ」

結婚指輪をした手を差し出すと、彼がぎゅっと強く握り返してくれる。それが嬉しくて、顔が勝手ににやけてしまう。

「生まれ変わっても夫婦だからね」

「おう、当たり前だ」

今日の私たち、世界で一番幸せなんじゃない？

最強な二人の気がして何でもできる気分になる。どんなことも乗り越えていける自信があった。

輝かしい未来しか想像していなかった。

そんな日々が長く続かないとは知らずに――


ばちっと勢いよく目を開く。

見慣れた天井、壁、窓。一通りぐるりと周囲を見回して、私は未華子の日常に戻っていることに気がついた。

――夢、か。

やけにリアルな夢だった。

のそのそと起き上がり、枕元に置いていたスマホを手に取る。まだ目覚ましが鳴る少し前の時刻だった。もう少し眠れる余裕はあるけれど、二度寝をしたら起きられなくなりそうだ。このまま起きていようと決める。

そして、はぁっと大きくため息をついた。

——美嘉時代の修二との思い出を夢で見るなんて……。しかもエッチしていたじゃないの。ああ、もう。

思い出したら悶々《もんもん》としてしまう。

修二にプロポーズをしてから、今日で二週間が経過していた。

変わらない日常、忙しい毎日。彼の秘書として様々な雑務をこなしつつ、彼の身の回りの世話をする。

取引先への連絡、車の手配、取引先の関係者の葬式に代理参列するなど。あらゆる仕事に全力で勤《いそ》しむのは、全て大好きな修二のため。

未華子として一緒にいられなかった時間を埋めるように、仕事の時間を共有している。

——本当はプライベートの時間を一緒に過ごしたいのに……

二週間の間、何もアクションを起こさなかったわけじゃないのだ。

エレベーターの中で二人きりになってそっと近づいてみた時は、避けられることなく距離が縮まった。

けれど、これは脈アリなんじゃないかと仕事のあとに食事に行こうと誘おうとしたところで、他の階の人が乗り込んできて、終了。

その後もタイミング合わず、結局誘えなかった。

めげない私は、一緒に食事に行けないのなら、と手作りのお弁当を渡すことにする。以前なら絶対に受け取らなかっただろうけれど、美嘉の手料理だと念押しして受け取ってもらった。しかし、一緒に食べてはくれなかった……

前から比べると二人の距離は近づいている。進歩していると思うものの、これ以上を望むのは、欲張りなのかもしれない。

でもどんなに欲張っても、手に入れなければならないものがあるのだ。そうじゃなきゃ、私がここに戻ってきた意味がない。

黎創商事の管理職たちのいるフロア。専務のデスクの傍《そば》に寄り、私は修二にコーヒーと企画書を差し出しつつ、内心の闘志を隠して話しかけた。

「不破専務、こちら、新プロジェクトのコンペの企画書です。戦略企画部から回ってまいりましたので、ご一読お願いします」

「あ、ありがとう……」

いつも通りの行動なのに、修二は動揺しているような返事をする。私は、どうしたのかと、不思議に思った。

「いかがされました？」

「いや……」

そうは言うものの、明らかに態度がおかしい。普段はもっとクールなのに、どこか落ち着きがなかった。

「あの……この、香りは……？」

「え？」

「君から、いい香りがしたから……」

コーヒーの香りのことを言っているのかと思いきや、そうではなさそうだ。どうやら私のつけている香りのことを差しているらしい。

「あ、これですか？　いい香りですよね。二十五年前の復刻版が限定で発売されていたので、この前買ったんです」

――昔、美嘉が愛用していた香水と同じ香りだって、もしかして気づいてくれた？

そんな些細《ささい》なことに気がついてくれたのが嬉しくて、仕事中にもかかわらずつい饒舌《じょうぜつ》になってしまう。

「仕事中に香水をつけるとわずらわしく感じられるかもしれないと思って、今回はボディクリームにしたんです。そこまできつい香りではないはずですが……もしかして、臭かったですか？」

「いいや、臭くはない。むしろ……」

そこまで言ったあと、彼は口を噤《つぐ》んだ。

ほのかに赤く染まるその顔を見て、私も頬を火照《ほて》らせる。

「むしろ、何でしょうか……。その先を聞かせてください」

仕事中であることを忘れて、修二に近づいていく。執務机を回り込んで、彼との距離を縮めた。

「私が昔つけていた香水だから、ドキドキしてくれました？」

何も返事してくれない修二に詰め寄り、椅子に座った彼の膝《ひざ》の上に腰を下ろす。

「こら……っ、齋藤さん」

就業中に何をするつもりだと慌てる彼を無視して、その状態で抱きつく。

「香りって記憶を呼び起こす力が強いんですって。私が美嘉だってこと、信じてもらえました？」

「そ、それは……」

修二がこの香りに覚えがあるのは、美嘉時代にいつも愛用していたからだ。

そんな過去の愛用品が分かるなんて、他人では無理な話。なぜか、私が本当に美嘉なのか、またしても疑い始めているらしい彼に、ダメ押しするためにつけてきた。これで本人だと認めざるを得ないだろう――

けれど、転生などという非現実的なことを信じるのは難しいようで、修二は「ううん……」と唸《うな》ったあと黙り込んだ。

「修ちゃん」

渋い表情を浮かべている彼に向かって、名前を呼びかける。そしてゆっくりと顔を近づけてキスをしようとした。ところが制止される。

「こら。やめなさい」

肩を掴んでこれ以上近づけないようにされた。にもかかわらず、まだくっつこうと試《こころ》みる諦めの悪い私。

「じゃあ、仕事以外の時間で私と会ってください」

「それは……」

結婚について考えるにしても、時間が欲しいという彼の意見は理解している。

だから仕事中は敢えてその話にはノータッチでいつも通りの態度で過ごしてきた。でも、かれこれ二週間も放置されているのだ。

――私はいつまで待てばいいの？

早く修二のお嫁さんになって、たっぷりと愛されたい。

二十三年間分の我慢をどうにかしてもらわないと、もうそろそろ限界だよ。

「いきなり結婚っていうのが難しいなら、恋人から始めるのでも構いませんが」

私はこうして修二とくっつきたい。

秘書だから毎日一緒にいられることは嬉しいものの、それだけじゃ満足できないのだ。

手を繋いだり、抱き締めてもらったり、もっと修二に近づきたい。

目の前に大好きな人がいるのに何もしちゃいけないなんて、エサの前で「待て」を指示されている犬の気分。

それに今朝、あんな刺激的な夢を見てしまったものだから、少々我慢がきかなくなっている。

本当はすぐにでも妻に戻って以前の続きをしたいところだけど、彼の気が進まないのなら、恋人になってじわじわ攻めていくしかない。

本望ではないが、上司と部下の関係からランクアップできるなら、それでもいいかと思い始めていた。

「お休みの日は修ちゃんと一緒に過ごしたい。デートをして、一緒に食事して、手を繋いだり、キスしたりしたい」

「簡単に言うけれど、俺と君が一緒に歩いていたら親子だって思われるかもしれない。そんなの君だって恥ずかしいだろう」

「親子だなんて思われないよ。もし本当にそう見えたとしても、恥ずかしくなんてないし、他の人がどう思うかなんて関係ない」

修二は年齢の割に若く見えるし、そこまで年の差カップルには見えないはずだ。

「そんなことで悩んでいるの？」

「そんなことって……俺はもう誰とも付き合う気も結婚するつもりもないと思って生きてきたんだよ。それなのに……急に言われても……」

修二の気持ちは分かる。

年齢がいけばいくほど、新しいものに飛び込むには勇気が必要になる。

様々な経験があるからこそ、どれだけのエネルギーを消費するのか予測がつくのだ。腰が重くなり決断が下せなくなる。

その上、すぐに承諾するほどの私への愛情がないから、即決してもらえないのだろう。

――私の責任だ……

「じゃあ、エッチだけでもしてみますか？」

「ぶはっ⁉　藪《やぶ》から棒に何を言い出すんだっ」

修二は柄にもなく取り乱して咳《せ》き込《こ》んだ。

「そういうことを軽々しく言うものじゃない」

「だって！　恋人もダメなら、そういう関係になるしかないじゃないですか」

「極端すぎるだろう」

まだ動揺しているらしい彼は、額《ひたい》にうっすらと汗をかいている。

「生まれ変わってきて、まだ一度も男の人とそういうことをしたことがないんです。今回の初めても修ちゃんとって決めているから」

自分を安売りするつもりはない。でも修二にだったら何をされても構わなかった。

深い関係になれば、今思い悩んでいることも吹き飛ぶくらい私を好きになってもらえるかもしれない。

そんな期待を込めて、体の関係を提案してみたのだけれど――

「エッチだけの関係なんて、もっとダメだ。ちゃんとしてからじゃないと」

「ええーっ。じゃあ、どうすればいいの⁉」

私はなす術《すべ》をなくして落胆する。

ああ、もう泣きそう。勢いで押して押して押しまくろうと思っていたのに、彼にあれもダメこれもダメだと言われると悲しくなる。

――私って、そんなに魅力がない？

美嘉と同じ顔や容姿じゃないと、信用してもらえないの？

「ごめん、悲しませるつもりはないんだ」

「私こそ困らせてしまって、ごめんなさい。……離れますね」

静々《しずしず》と彼の膝《ひざ》の上から下りて、私はいつも通りの距離へ戻る。

「こんなことでお時間を取って申し訳ございませんでした。失礼します」

「……ああ」

あっさりと引き下がったことに驚いたのか、拍子抜けしたような返事が聞こえた。

彼の顔を見ることをせず、私は部屋を出て秘書課の部屋へ向かう。

「はぁ……」

今日も玉砕《ぎょくさい》。

こうやって社内の女子社員たちも、ことごとくフラれているのだろう。

元嫁であるにもかかわらず、彼女たちと同じ対応をされているのかと思うと、余計に悲しくなってしまった。

そこに誰かの声がする。

「お疲れさまです、齋藤さん」

「あ……お疲れさまです、課長」

私に声をかけてきたのは、総務課の課長だった。以前、総務課にいた頃、とてもお世話になっていた人だ。

彼は五十代で、先日孫が生まれたのだと喜んでいた、若きおじいちゃんだった。

「すっかり板についてきたね。どこからどう見ても立派な秘書だ」

「ありがとうございます。課長が後押ししてくださったお陰で、念願の秘書になることができました」

深々と頭を下げてから顔を上げる。課長はにっこりと微笑《ほほえ》みながら、私に白い封筒を差し出した。

「これ。齋藤さんにお願いをしに来たんだ」

「はい……。何でしょうか？」

その封筒を受け取って中を見てみると、お見合い写真が出てきた。ちゃんとした写真スタジオで撮ったであろう男性の写真が数枚載っている。

「齋藤さんは若いし、結婚などまだ興味もないと思うんだけど……実は僕の知り合いの企業の社長さんが、君とお付き合いをしたいとご所望でね」

「え……？」

不破専務に同行している私を見ていたというその社長さんは、二十九歳の容姿端麗《たんれい》な男性だった。

――お見合いなどせずとも結婚できそうな容姿をしているのに、なぜ私とお見合いを？

「僕を介して結婚前提のお付き合いをしたいと伝えてほしい、と言われている。彼、海外に新しい会社を設立するために、日本にいないことが多いんだ。だから君に直接申し込みたくとも忙しくてなかなか時間が作れないそうで、私が頼まれたというわけだ」

総務課長は以前、営業課長をしていた。その関係で、今でも外部の人との付き合いがある。そのため、こうしてお見合いの話が持ち込まれてきたらしい。

「彼はいい男だよ。カンボジアの貧しい子どもたちを助けるために奔走《ほんそう》していて、ボランティアにも積極的に参加している。ただ……いい男なんだけど、海外にばかりいるせいで出会いがないみたいでね」

「はぁ……」

たまたま帰国していた時に参加した、海外の難民たちを助けるためのチャリティイベントで私を見かけた、と。

確かに、そのイベントは黎創商事が協賛していて、不破専務について参加していたことを思い出す。

「どうしても君と食事をする機会が欲しいというんで、僕に頼んできたんだよ。もし恋人がいないのなら、会ってみてくれないか？」

――どうしよう、困ったな。

恩のある上司からのお願いだし、無下《むげ》に断れない。

だけど私には修二という心に決めた人がいる。気のある素振りをするのはよくない。

一度会うだけ会って、直接お断りするのはどうだろうか。課長を通して断ってもらうより、誠実かも。

「あの、課長……私」

「お話し中のところ、失礼」

課長に話しかけようとしたのと同時に、背後から修二こと不破専務に声をかけられた。私と課長は彼のほうを振り向く。

——もしかして、さっきの話、聞いてた？

どういう反応をするのか不安に思いつつ、私は歩み寄ってくる修二をじっと見つめる。

「専務、お疲れさまです」

「お疲れさまです。あれ……？　齋藤さん、お見合いするの？」

課長が挨拶するや否《いな》や、修二は私の手にあるお見合い写真を、ひょい、と取り上げた。

「あ……」

「ふーん、いい男だね。とても誠実そうだ。若いのにちゃんとしている感じがする」

「専務もそう思いますよね。私もそう感じておりまして、齋藤さんに申し出たところなんです」

——修二のバカバカバカ。私の気持ちを知っていながら、どうしてお見合いの話に賛同しちゃうのよ。私が他の男性とお付き合いしてもいいっていうの？

この前告白した時は、結婚について前向きに考えてくれるって言っていたのに……。こんなの、酷《ひど》くない？

社内だし、こういう対応になるのは大人として当然かとも思うけれど、私の心はちょっと傷ついている。

私が他の男性と一緒にいても、修二が取り乱すほどのことではない。誰にも渡したくないという存在ではないことを、まざまざと思い知らされた。

「だから、齋藤さん。前向きに――」

「課長、大変申し訳ないんですが、彼女は僕の大事な人なんです。このお話はなかったことにしていただけませんか？」

「……え？」

絶望に打ちひしがれていた私は、修二の言葉をちゃんと聞いていなかった。はっと我に返り、彼の言葉をもう一度思い出す。

――私の大事な人って……今、言ったよね？　しかも、課長の前で！

「そうなんですか⁉　ええっ、齋藤さん、そうだったの？」

慌てふためく課長は、修二と私を交互に見る。

内心では私も課長と同じくらいのリアクションをしているものの、それは隠す。ここは修二に合わせておくのがベストだろう。

「……そ、そうなんです。不破専務とお付き合いをさせていただいております」

「そ、そうかぁ！　いやぁ、驚きました。まさか、二人が恋人だったなんて……」

――そうだよね、専務と私が付き合っているなど思いもしないよね。っていうか、実際付き合っていないから、そんな雰囲気も皆無《かいむ》だっただろうし。

「何も知らず、こんな話を持ってきてしまって悪かったね。先方には私から断りを入れておくよ」

「いろいろと気にかけていただいたのに、ご期待に添えず申し訳ございません」

「いいんだよ、気にしないで」

そそくさとお見合い写真をしまい込み、課長は苦笑いを浮かべていた。明らかに動揺しているようだ。

「では、私は失礼いたします」

「お疲れさま」

隣にいる修二は涼しい顔で課長を見送っていて、何も動じていない様子だ。

「……大事な人って、どういうことですか？」

憎らしくなった私は、ぼそっと呟《つぶや》く。

そんなこと聞いていない。というか、その場しのぎでそう言ったんじゃないでしょうね？

鋭い視線で彼を見つめた。

「僕の有能な秘書なのだから、大事な人であることには違いないだろう」

「そういう意味で言ったんですか!? 酷《ひど》い、期待して損しました」

ぷうと頬を膨《ふく》らませて背を向ける。

私が修二にベタ惚《ぼ》れだからって、こんなふうに恋心を弄《もてあそ》ぶなんてあんまりだ。なんだかすごく悪い男に引っ掛かった気分になる。

落ち込んでいた気持ちが浮上しかけていたのに、また奈落《ならく》の底に突き落とされた。

いろいろと積み重なっていたこともあり、泣いてしまいそうなほどショックで、心はズタボロ。

でもここは会社だし、就業中だ。泣くわけにはいかない。

私は涙を零《こぼ》さないよう、早々にその場を立ち去ろうとした。

「私は秘書課に戻ります。何かご用がありましたら、内線でお呼びください」

「待って」

「……何でしょうか」

まだ何か引き留めるようなことがあるのかと、顔を上げる。

絶望に打ちひしがれている今の私の顔は、とても悲惨《ひさん》に違いない。そんな顔を見せるのは嫌だけど、呼ばれているのに俯《うつむ》いているわけにはいかない。

「今日の夜、一緒に食事しようか。……二人きりで」

「え……？」

「店は俺が決める。……いいね？」

――ええーっ、嘘《うそ》！　二人きりで食事!?　いいの……？

その言葉が信じられなくて、目を丸くしたままフリーズする。

――いいの？　本当にいいの？　今さら嘘《うそ》だって言われても受けつけられないくらい舞い上がってしまっているけど大丈夫!?

直前まで落ち込んで死にかけていたというのに、この上昇っぷりは凄《すさ》まじい。それくらい修二の言葉には底知れぬパワーがある。

「返事がないけれど、いいのか？」

「は、はいっ。ぜひご一緒させてください!!」

「声が大きいよ。くれぐれも内緒に」

「はい……！」

しーっと人差し指をくちびるの前に立ててにっこり微笑《ほほえ》み、修二は管理職のフロアに戻っていった。

颯爽《さっそう》と歩いていくその背中を見えなくなるまで見送って、私は夢心地のまま廊下にへたり込む。

「あぁ……夢みたい」

鉄壁の不破専務から食事の誘い。しかも二人きりで。

――黎創商事の女性社員の中で唯一成功したのでは!?

すごくレアな事態に舞い上がって泣きそうになる。

――嬉しい……！　いきなり結婚は無理でも、一緒に過ごしているうちに心を開いてくれるかもしれない。

これは大きな一歩を踏み出したんじゃない？

急《せ》く気持ちを抑えながら、抱えている仕事を急ピッチで片付けていく。

――今日は絶対に急用が入りませんように！

そう願ったものの、急ぎの案件がいくつか舞い込んできて、私は残業になりかねない状況に陥《おちい》る。

それでもデートに誘われてアドレナリンが放出されているせいか、いつもの何十倍の集中力で仕事に取り組んだ。そして私は、退勤時間ジャストにタイムカードソフトに打刻して退社することに成功した。

修二と待ち合わせたのは、迎賓館《げいひんかん》として使われることもある高級ホテルのメインロビーのラウンジだった。

約束の時間は十九時だ。退勤して一度家に帰り、シャワーを浴びて下着を変え、メイクを整えて髪のアレンジも変えている。

夕方になるにつれてカールが弱くなってきていた髪はもう一度ヘアコテで巻き直し、服は昼間に着ていたスーツのままストッキングやパンプスだけ変えてデート仕様にした。バッグの中身も整理して、デートに必要なものに入れ替えている。

約束のホテルに着いた私は、辺りを見回す。吹き抜けになっている開放的な空間にいくつもソファが並び、たくさんの人たちがそれぞれのテーブルで話をしていた。

その中で静かに本を読んでいる男性が視界に入る。

年配の方が多い中、落ち着いた大人の雰囲気を纏《まと》いながらも、若さも光る人物。いい具合に周囲と調和しているのに圧倒的な存在感を放つその男性に目を奪われた私は、彼に近づく。

ヒールの音を吸収する重厚な絨毯《じゅうたん》の感触が緊張を高めていった。

仕事でこのホテルを利用したことはあっても、プライベートで来たことはない。

いつか修二と一緒に来たいなと思っていたものの、まさか本当に来られる日が来たなんて。夢みたいだ。

彼の傍《そば》に行くと、私はゆっくりと足を止める。

「……お待たせいたしました」

男性は私の声が耳に入ると、本を閉じて顔を上げた。

琥珀色《こはくいろ》の照明の中、彼の整った顔がこちらを向き、目が合う。それだけで胸の鼓動が速くなって、頬がうっすら熱くなった。

「急がせてしまった？」

「いいえ。大丈夫です」

入念に準備してきたことを悟《さと》られないよう、何食わぬ顔で微笑《ほほえ》む。

未華子として修二との初デート。ここは女ぶりを上げて、気に入ってもらわないと。

「行こうか」

「……はい」

修二はスマートな立ち居振る舞いで座席から立つ。私はその後ろについていった。

ホテルのラウンジで待ち合わせと聞いた時は、「まさかこのまま宿泊するつもり？」と心躍らせてしまったけれど、鉄壁の不破専務に限ってそんなことは絶対にない。都合のいい妄想を諦めて、彼と並んでエレベーターを待つ。

「不破専務はよく来られるんですか？」

「……たまにね」

こんなところ、誰と来るんだろうと心の中で怪しんでいると、上から声が降ってくる。

「両親がここのレストランが好きでね。俺が初めての給料やボーナスをもらった時に連れてきたりしていたんだ」

「ご両親ですか……」

女性じゃなくてよかった、と胸を撫《な》でおろす。

「そういえば、お義父《とう》さんとお義母《かあ》さんはお元気ですか？」

「……いや。五年前に父が他界して、去年には母が」

「そんな」

修二のことをいろいろと嗅《か》ぎまわっていたとはいえ、その情報までは得ていなかった。

私たちが若くして結婚すると言った時、修二の両親だけは手放しで喜んでくれたものだ。一人っ子だった修二に可愛い嫁が出来たと歓迎してくれて、娘のように可愛がってくれた。

そんな二人がすでに亡くなっていたなんて……

「もう一度会ってお話ししたかったです。私が美嘉だとは言えないけれど」

「そうだな。両親も会いたかったと思うよ」

エレベーターが到着した音がしたので、二人で乗り込む。どうやら地下に行くらしい。

目的の階に着き廊下の奥へ進むと、すぐにお店に到着した。

そこはフランス料理のお店のようで、上品でモダンな店構えだ。少し暗めの照明の下、ワインレッドのアンティークチェアが並び、シックで上質な大人の空間を演出している。

ギャルソンに案内され、私たちは奥まったところにある半個室に通された。

「わぁ……。素敵」

壁には立派な絵画が飾られていて、そこにスポットライトが当たっている。美術に詳しいわけではないものの、お店の雰囲気によく合っていて直観的に好きだと感じた。

「どうぞ」

「……ありがとうございます」

ギャルソンに椅子を引いてもらい、テーブルに着く。

この個室、二人で使うような広さじゃないよね。テーブルだって、なかなかの大きさだし、向かい合って食事するのには、距離を感じる。もう少し近くでもよかったんだけど……

「ディナーコースにしておいたけどよかった？」

「あ、はい」

どんな料理が出てくるのだろうと緊張している間に、修二はスマートにオーダーを始め、料理に合うワインも選んでくれる。

私も秘書としてなら数々のお店に同行したことがある。しかし、こんなふうに男性と二人でレストランに来るのは初めてだ。ある程度のマナーは把握しているつもりでも、好きな人が目の前にいると緊張してしまう。

お店の雰囲気を壊さないように冷静を装《よそお》っているものの、緊張してバクバクと心臓の音を全身に響かせていた。

「齋藤さんは、いつもどんなデートをしているの？　最近の子がどういうものが好きなのか、あまりよく知らなくて」

「デートなんてしていません。不破専務以外の男性に興味がないので」

思わず本当のことを口にした。

もう少しオブラートに包むべきだったかも。こんなストレートに伝えたら、重く感じられるに違いない。

しまった、と怯《おび》えながら彼のほうに視線を向けると、案外悪くない反応が返ってきた。

「そうか。でも学生時代とか、それなりに恋をしただろう？」

「してません。そもそも外見はコレだけど、私は生まれた時から高橋美嘉なんですよ。修ちゃんとまた夫婦になるために生まれ変わってきたのに、他の人と恋愛する気になんてなれません」

軽い質問に対して真剣な回答をするたびに、修二は返答に困ったような表情を浮かべる。彼が絶句しているうちに、ギャルソンがサービスのシャンパンを運んできた。

「……とりあえず、飲もうか」

「はい、いただきます」

シャンパングラスを片手に持った私は、彼と目を合わせて少しばかり上にかざす。そしてくいっと一口飲んだ。繊細《せんさい》な泡とさっぱりとした風味が口の中に広がる。

「……美味《おい》しい」

「そうか、よかった。料理も美味《おい》しいと思う。きっと気に入ってもらえるよ」

続いてアミューズが運ばれてきた。

小さなガラス容器に入っているのは、白とうもろこしとウニ。口の中に入れるとふんわりとオレンジの香りがして味わい深い。

最初の一品料理でこんなに美味《おい》しいなんて、これからどんな料理が運ばれてくるのだろうと気分が高揚《こうよう》してくる。

少しだけと決めていたはずなのに、グラスの中のゴールドに輝くシャンパンは、いつの間にか残りわずかとなっていた。

「齋藤さんは、お酒好き？」

「はい、それなりに飲めます。不破専務は……お好きですよね。甘いカクテル以外なら何でも飲まれますし」

「よくご存じで」

「そりゃあ、半年ほど秘書をさせていただいておりますので」

美嘉時代は未成年だったから、お酒を飲む機会はないに等しかった。だから二人で泥酔などしたことはない。

未華子として再会したあとに仕事上で飲む機会を利用して、じっくりと観察させてもらったのだ。とはいえ、仕事上のお酒の席だと、彼はそれなりに飲んでもあまり酔わない印象だ。少し柔らかな雰囲気になる程度で、紳士的な態度は変わらない。

大人だから当たり前なのかもしれないけど、そんなちゃんとしたところが格好いいと思っている。

「仕事だと結構セーブして飲むのに、プライベートでは酔いつぶれるまで飲んでしまうことがある。大人げないいんだけど、たまにね」

「そうなんですか、意外です」

その酔いつぶれている修二を見たい欲に駆られる。

いつもきりっとしている修二がどんなふうに変わるのだろう。そしてその時に傍《そば》にいるのは、女性じゃないでしょうね？

心配になってくる。

男性とはいえ、修二が酔いつぶれていたら、そのまま襲われる可能性だってあるかもしれない。

「誰と飲まれるんですか？　……女性と？」

「女性とは飲まないよ。男女の友情はあまり成立しないと思っているから、女性と親密になるのは控えてる。飲むのは昔からの友人とか、気の合う同期とか」

「そうですか」

ああ、よかった、と胸を撫《な》でおろした。

でも私と死別してから二十年以上経っているのだから、それなりに何かあったことだろう。まさか、死んだ妻が生き返ってくると信じていたなどあり得ないので、新しい恋愛をしていてもおかしくない。

若くして妻を亡くし傷心している男性なんて、女性の母性本能をくすぐりまくる。しかもこのルックスと地位なら尚さら。性格が悪いわけでもなく、優しくて格好いいから、好印象を持たれるに違いないのだ。

それはともかく、料理は前菜から始まり、スープ、魚料理、肉料理と、私たちの食べるペースに合わせてベストなタイミングで運ばれてきた。

どの料理も素材のうまさを生かしているのはもちろん、繊細《せんさい》で風味豊か、口の中を幸せでいっぱいにしてくれる味だ。

一緒に食べている相手が修二だからだろうか。こんなにも幸福な時間を過ごしたのは久しぶりだ。

——はぁ、このままずっと一緒にいたいな。修ちゃんもそう思ってくれていたらいいのだけど……

美しい所作で優雅に食事をしている修二を見て、私はそんなことを考えていた。

∞　∞　∞

濃厚なチョコレートケーキに生クリームと苺《いちご》がたくさん載ったデザートが運ばれてくると、齋藤未華子はキラキラとした笑顔を振りまいた。

その飾らない無邪気《むじゃき》なところが、記憶の中の美嘉とかぶる。

俺——不破修二は、二十年以上前に妻を亡くしている。学生結婚をしてすぐに交通事故で妻の美嘉は亡くなってしまった。

その悲しみを抱えたまま、ずっと過ごしている。

忘れようと思っても忘れられない。美嘉以上に愛せる女性は現れない。このまま彼女だけを愛して、消化試合みたいに人生を終わらせていくんだと思っていたし、それでいいと考えていた。

仕事は順調で、収入もそれなりにある。老後の心配もいらないように貯蓄をしてあるし、自分の両親も見送った。

まだ早いとは思いつつ、独り身だということもあり、そろそろ終活を始めようかと考えていたその矢先に、秘書であった齋藤未華子から逆プロポーズされるというハプニングに見舞われたのだ。

彼女は入社して二年目の若手の女性社員。もともといた総務課から秘書課に異動するため、並々ならぬ努力で昇格試験をクリアしてきた人物で、有能であることは間違いない。

秘書としてのスキルも問題なく、気が利く。

俺が望むことの一歩……いや二歩ほど先を読んで、そつなく仕事をこなす。

若いのによくできた子だと感心せざるを得なかったが、まさかその秘書からプロポーズされるとは、全くの予想外だ。

何を血迷ったら、こんな二十歳近く年が離れた男との結婚を望むのだろう。俺は頭を悩ませた。

齋藤さんは、仕事だけでなく容姿も完璧で、引く手あまたな女性のはずだ。俺なんかと恋愛をせずとも、いい男を見つけられる。

現に別の課の男性が、齋藤さんを狙っていると耳にしたこともあった。その男性は三十代だし、彼のほうが彼女にはお似合いだ。

俺とは一緒に歩いていても、親子にしか思われないに違いない。

それに俺はまだ美嘉を想っている。彼女を失った時に、もう二度とこんな思いをしたくないと強く感じた。

大事な人を失うつらさを知っているため、かけがえのない存在を新しく作ることに抵抗があるのだ。

そういうわけで、丁重にお断りをしたのだが――全く聞き入れてもらえず。むしろ彼女のスイッチを押してしまったらしく、余計に迫られる羽目になっている。

――私は高橋美嘉よ。あなたの嫁だった美嘉。あの事故で死んでから、すぐに生まれ変わったの。やっと相手にしてもらえる年齢になったから、こうして会いに来たんだよ。

そんなことを言い出した彼女を理解できず、俺は混乱した。

――齋藤未華子が美嘉だって……？

そんなバカな話があるわけない。転生なんてファンタジー世界の話みたいなことを言われても、すんなり信用できるはずがなかった。

ところが、齋藤未華子の話は、真実味がある。なぜか、彼女は美嘉のことをよく知っていた。美嘉しか分からないであろうエピソードをいくつか挙げられて、俺は、彼女の話が真実なのかもしれないと受け止めざるを得なくなる。

――美嘉が生まれ変わってきた……？　本当か？

半信半疑のまま未華子と過ごすうちに、少しずつ信じる気持ちが強くなっていく。

齋藤未華子の中身は美嘉らしい。だけど彼女の見た目は、美嘉と全然違う。

美嘉はスレンダーでモデルのようなすらっとした体型をしていたが、未華子は女性らしい体のラインをしていて、背も低い。

当時の美嘉はストレートのロングだったが、未華子は今風のナチュラルなセミロングヘアに巻き髪だ。

どこからどう見ても、全くの別人で、タイプも違う。

正直、見た目は未華子のほうが俺の好みなのだが……やはり美嘉と比較してしまい、なかなか前に進む気にならない。

しかし俺に会うために転生してきたのだと言われると、無下《むげ》にできないのも事実だ。

彼女は人生を一からやり直して二十数年の時間を過ごし、また俺に会いにきてくれた。

相手のことを知らずに拒むのは間違っていると思い、こうして二人きりで時間を過ごすことにしたのだけれど――

一緒に過ごす時間が心地いいものであるのは、秘書として傍《そば》にいてくれている時点で知っていた。

頭のいい子だから会話もスムーズだし、共通の話題も多い。まだ親密な関係になっていないことを踏まえて、俺に失礼のないよう配慮してくれているのも好印象だった。

よく気が利いて、素敵な女性。それは認めなければならない。

しかし齋藤未華子が魅力的な女性であればあるほど、俺と恋人になっていいものか悩む。

そんなふうに悩んでいる俺のことなど一切気にせず、まっすぐな気持ちをぶつけてくるところも、彼女の魅力の一つなのだが……

「――今日は本当にありがとうございました。とても楽しい時間でした」

レストランを出て静かなホテルの廊下を歩いていると、彼女――齋藤さんがキラキラと輝くような笑みを向けてくれた。若さ溢《あふ》れる愛らしい彼女を見て、何も感じないわけがない。

初めて会った時から、可愛らしい女性だなとは思っていた。その時は下心などなく純粋にそう思っただけだったが、彼女にプロポーズされて意識し始めると余計に可愛く見えてくるから困る。

「喜んでくれてよかったよ」

「もし……嫌じゃなければ、またご一緒したいです」

結婚してほしいと積極的にプロポーズする大胆さがあるのに、また一緒に食事に行きたいとの願いを口にした彼女は、恥ずかしそうにはにかむ。

そんなところがいじらしくて、つられてこちらも照れてしまう。

「ああ、また行こう」

美嘉を亡くしてから、いつも女性に対して一歩踏み出せなかったのに、この子には心を許してしまっている。

それは美嘉の生まれ変わりだからか？　それとも別の理由があるのか？

今は分からないけれど、それでも、また同じ時間を過ごしたいと思える相手であることは確かだった。

「では、時間差で帰りましょうか。もし万が一、社内の者に二人でいるところを見られてはいけませんし」

「そうだな。じゃあ、君から先に行ってくれ」

俺は上階のバーで飲んで帰ろう。少し一人で考えたいこともある。

齋藤さんとロビーで別れて、彼女が正面玄関のほうに歩く後ろ姿を見送っていると、一人の男性が彼女に走って近づいていった。

誰だろうと眉をひそめてよく見る。見覚えのある人物だ。

――あれは誰だったか……。取引先の人物か、それとも別の……あ。そうだ、彼は今朝、総務課長が齋藤さんにすすめていたお見合い相手の男性。

写真でしか知らなかったが、実物は長身で爽《さわ》やかな好青年だ。

どうして彼がここにいるのか疑問に思いながら、俺の足は勝手に動き始めていた。

∞　∞　∞

「あの……っ、齋藤さんですよね」

修二と別れたあと、ホテルの前に停車しているタクシーに乗ろうとした時、私は男性の声に呼び止められた。

誰だろうと振り返ると、見知らぬ男性が息を切らして私を見つめている。

「はい、そうですけど……。あの……」

「突然すみません！　黎創商事の総務課長から、僕の写真を預かっていませんか？　あなたとお見合いをしたいと申し出ている――」

「あぁ！　総務課長の……！」

仕事上、会ったことのある人物の名前と顔は必ず記憶するようにしているが、写真をちらりと見ただけの彼のことは、鮮明には覚えていなかった。説明されて、やっと今朝の記憶が蘇《よみがえ》る。

目の前にいる男性は、遊び心のあるカジュアルスーツを着こなし、オシャレ上級者の装《よそお》いをしていた。細身ではあるけど長身でスタイルもよく、女性に人気だろうと思わせる雰囲気。写真を見た時もそう感じたけど、実物を見てより一層その思いが強くなる。

「まさかこんなところで会えるなんて思いませんでした。もしかして、齋藤さんも梶木《かじき》先生の祝賀パーティにいらしていたんですか？」

「いいえ、私は別件で……」

今日はこのホテル内の会場で政治家の祝賀パーティが行われていたらしい。

詳細は聞かなかったものの、大御所の政治家や企業の重役などが参加しているようだ。彼のあとに出てきた人たちも、独特の存在感を放っている人物ばかりだった。

その中に溶け込んでいる彼が、どれだけ凄《すご》い人なのかすぐに察する。普段秘書として様々な人と顔を合わせる私は、見た目などから彼らの大体の人となりを把握することができた。

目の前にいる男性の声のトーンや仕草、容姿と服装から判断して、とても真面目で誠実な人だということが分かる。こうして息を切らしてわざわざ声をかけてきてくれたことも。

「回りくどいことをせずに、直接お誘いすればよかったのですが、軽々しく声をかけるのも躊躇《ため》らってしまうほど、齋藤さんを意識しています。信頼のおける人からの紹介なら、少しでも僕に興味を持ってもらえるかと思いまして」

「そうだったのですね」

まだ総務課長から連絡がいっていないのだろう。課長は、先方には断りを入れておくと言っていた。その件が耳に入っていないため、こうして声をかけてきたに違いない。

「あの……もしよければ、これから一緒に食事でもどうですか？　……って、お腹《なか》すいていませんかね。それだったら、一杯だけでも飲みに――」

どうにかして私を繋ぎ留めようと必死になってくれている目の前の男性には、好感が持てる。けれど、私の心が揺れ動くことはない。

それよりも、初めて好きな人と二人きりで食事をしたあとの余韻に浸《ひた》っていたかった。一分一秒でも早く家に帰りたい。

「ごめんなさい、私、好きな人がいるんです。だから、その人以外の男性とご一緒するつもりはありません」

「え……？」

「今日、総務課長にもお話ししていたのですが、今回のお話は身に余るほど光栄ではあるものの、お断りをさせていただいておりました。本当に申し訳ございません」

丁寧に腰を折って、彼に詫《わ》びる。失礼な態度をとって相手を怒らせないように気をつけなければ。総務課長の顔に泥を塗ってはいけない。

真摯《しんし》に向き合い、ちゃんと自分の口でお断りするほうがいい。

「顔を上げてください。一つ聞いてもいいですか？」

「はい」

「その好きな人っていうのは、恋人ではないのですか？　もし恋人ではないのなら、まだ諦めなくても？」

「それは――」

そこを突っ込まれるとは思わなかった。

修二に好きだと伝えてはいるけれど、彼が私をどう思っているかは分からない。返事だってもらえず、やっと二度目のデートをしたところ。

この先、気持ちを受け入れてもらえて恋人になれる確率が、どれくらいあるのか。ここで堂々と「恋人です」と言えたらどんなにいいかしれない。

嘘《うそ》でもいいから恋人だと言うべきか悩んでいると、背後から現れた人物に腰を引き寄せられた。

「お待たせ」

顔を上げると、そこには修二が立っている。

――修ちゃん……？　なんで？

私たちが一緒にいるところを見られないよう、時間差で帰ろうと話していたはずなのに、どうしてここに？

戸惑《とまど》っているのは私だけではない。目の前の男性も、まさか私が男連れだと思っていなかったらしく、ぽかんと口を開けて私たちを見据《みす》えていた。

「あの……っ、不破専務」

「部屋の準備が整ったよ。さ、行こうか」

ここはホテル。部屋の準備が整ったと言われて、宿泊する部屋を取ったという意味だと理解した私は頬を火照《ほて》らせる。

「あれ？　彼は？　ミカの知り合いの方？」

「あ、はい。そうです、総務課長のお知り合いの方で――」

男性の紹介をすると、修二は穏やかな笑みを浮かべて、彼に手を差し出した。私の腰に手を回したまま手を差し出すその仕草は、まるで海外セレブみたいで素敵だ。

「初めまして。齋藤さんとお付き合いさせていただいている、不破と申します」

「初め、まして……」

「こんなおじさんだから驚かれたでしょう？」

「いえ、そんなことは……」

恋人だと名乗る修二の登場で、男性の顔は完全に引き攣《ひつ》っている。

「年甲斐《としがい》もなく彼女に夢中でしてね。妻が亡くなってから何年も女性に興味がなかったのですが、彼女と出会って変わったんです」

愛《いと》おしい相手を見つめるに似た眼差《まなざ》しでじっと見つめられて、体がどんどん熱くなっていく。これがこの場限りの嘘《うそ》だと分かっているはずなのに、修二の口から出た言葉を喜ばずにはいられない。

「修ちゃん……」

「い、いやぁ～。お似合いの二人ですね！　見ているこちらが羨《うらや》ましくて幸せな気持ちになってきます。お邪魔してすみませんでした、僕はこの辺で失礼しますね。齋藤さん、ではまた」

ハートマークを瞳に浮かべてうっとりと修二を見つめていると、男性は逃げるように私たちから離れていった。

「行ってくれたな。……はぁ」

「……不破専務、ありがとうございます」

演技だったとしても、あんなふうに言ってくれて嬉しかった。これが真実だったらもっと最高なんだけど……

「彼は総務課長のすすめていたお見合いの相手だろう？」

「一瞬しかご覧になっていなかったのに、よく覚えていらっしゃいましたね」

「いい男だなと感心したせいで、顔を覚えていた。君と付き合うのは、彼みたいな男がいいのだろうと思ったから」

また私を突き放す言葉を放つ。

修二は知らないだろうけど、私はあなたの言葉一つで幸せにも不幸せにもなるんだよ。

どこまでも相手にされていないのだと悲しい気持ちに戻ったものの、腰に回された手が離れないことを不思議に思った。

ずっと引き寄せられたままなので、私は彼の体にまとわりつくような格好になっている。

「年相応の人と恋愛したほうがいい。俺のことなんて忘れて、新しい人と恋愛したほうがいい。そう思うのに、他の男と恋愛している君を想像すると嫉妬《しっと》する」

「修ちゃん……？」

「覚悟を決めるよ。このまま放っておいたら、きっと誰かに攫《さら》われる。君は魅力的な女性だから、今みたいに男が放っておかない」

胸の鼓動が急激に速くなった。全身に響くくらいの大きな音を鳴らしつつ、彼の言葉を待つ。

「ミカともう一度夫婦になりたい。だから、俺と結婚してほしい」

その言葉を聞いて、私の胸に熱いものがこみ上げる。こんなふうに想いを受け入れてもらえることを待ち望んでいた。

いつか振り向かせてみせると意気込み、前だけを見てひたすら全力疾走してきたのだ。

でも全然ゴールが見えなくて……なのに止めることなどできなくて。長い長い道のりの先にいるあなたを目指して絶えず走ってきた。

やっと……やっと、修二に受け止めてもらえる。

嬉しさが体中に染みわたって、涙が零《こぼ》れていく。諦めないと強く思っていても、心の中はいつも不安だらけだった。

そんな不安はもういらないのだと思うと、幸せでたまらない。

「……返事は？」

「はい。結婚してください」

彼の手がとめどなく落ちていく涙を拭《ぬぐ》って、私の頬を撫《な》でる。彼は少し困ったような優しい笑顔で私を見つめたあと、そっと抱き締めてくれた。

——ここ……ホテルの前なのに。

普段の彼なら、絶対にこんなことしないはずだ。鉄壁の不破専務が、こんなに人がいる場所で抱き締めてくれるなんて！

「こんなおじさんと結婚とは……結婚生活よりも介護生活のほうが長くなりそうなのに……本当に後悔しない？」

「しません。今度は修ちゃんの最期まで一緒にいるの。もう絶対一人になんてしないから」

「ありがとう」

私は彼の大きな背中に手を回して、ぎゅっと抱きつく。

――大好き、修ちゃん。これからどうぞよろしくね。もう絶対離れたりしない。

こうして私たちは、もう一度夫婦になった。

3

おめでとう、とたくさんの人に祝われながら私たちの結婚式が進んでいた。

前は学生結婚だったこともあり、式を挙げていない。今回は二人とも社会人だし、ちゃんとした結婚式を挙げようという意見で一致したのだ。

憧れの純白のウェディングドレスを着た私の隣に、光沢のあるグレーのタキシードを着ている修二が立っている。

私たちの左手の薬指には、新しい結婚指輪が嵌《は》められていた。結婚が決まった瞬間から、修二が指に嵌《は》め続けていた美嘉との結婚指輪は外されている。――私はそのままでもよかったのだけど、世間的に前妻とのものをつけているのはおかしいだろう、ということで新調した。

プラチナのシンプルなその指輪を、私はとても気に入っている。

披露宴も中盤になり、私たちは高砂《たかさご》席から立って、来賓《らいひん》たちのテーブルを回ることになった。それぞれのテーブルの人たちと話をして、写真撮影をするという時間だ。

うちの会社の重役クラス、秘書課のメンバー、私の同期などが参列してくれている。

私たちの結婚を公《おおやけ》にした時、社内は騒然《そうぜん》となった。

そりゃそうだよね、一途に亡くなった奥さんを愛していた不破専務が、入社二年目の秘書と結婚。

二人が付き合っているなんて噂《うわさ》もなかったから、皆、寝耳に水状態だ。何度「本当の話？」と聞かれたことか。

私が一方的に好きで一生懸命アプローチしたところ不破専務が折れてくれたのだ、と皆には説明している。

修二に好意を持っている女性社員たちにやっかまれることもあるけど、そんなの平気、気にならない。

こっちは何十年修二を想い続けていると思っているの。一度結婚したものの死んでしまい、生まれ変わってまでアタックしたんだから。たかが数年好きだって人には負けていられない。

私の学生時代の友達は「随分《ずいぶん》、年上の人と結婚するんだね」と驚いていたけど、修二を見た途端、年齢を感じさせない風貌《ふうぼう》に「なるほど」と納得してくれた。

——四十二歳には見えないほど、格好いいよね。分かる！

改めて彼の格好よさに惚《ほ》れ惚《ぼ》れしていると、新郎側の友人に挨拶をされる。さすが四十代。私の友達の二十代のテンションの高さはなく、しっとりとした大人の態度だ。

修二側の参列者の中には、大学時代の共通の友人もいて、その面々に私は懐かしさを覚えた。

彼らと記念撮影をしたあと、修二と二人きりになった隙に耳打ちする。

「ねぇねぇ、修ちゃん。中川《なかがわ》くんって、ハゲちゃったんだ」

「はは、そうだよ。社会人になってすぐの頃から抜け毛で悩んでて、あれこれ改善策を探していたけど三十代くらいでもう諦めたと言ってた」

お調子者で恰幅《かっぷく》のいい中川くんは、ウィンドサーフィンサークルのメンバーだ。私たちのキューピッドになった人で、海で修二と二人きりにしてくれたのは彼の計《はか》らいだった。

「美嘉がいなくなって、だいぶ長い間落ち込んでいたんだけど、中川から〝気落ちしすぎると、俺みたいになるぞ〟とよく忠告されたよ」

「ふふ。でもならなかったんだ」

「そうだな。あ、でもああ見えて、中川はもう子どもが三人もいるんだ。奥さんと幸せに暮らしてる。いいパパしているみたいだよ」

そうなんだ、と微笑《ほほえ》ましく思う。

私が知らない間に周りはどんどん変化していて、見た目も環境も全然違っていた。でもまたこうして出会えたことが嬉しいし、彼らのその後を知ることができて嬉しい。

「中川を知っているなんて……未華子はやっぱり美嘉なんだな」

「え？」

「さ、行こう」

そっと肩を抱き寄せられて、エスコートされる。肩を出したAラインのウェディングドレスだから、素肌に彼の手が触れた。

それだけで全身が心臓になったみたいにドキドキして緊張が走る。

私たち、入籍したけれど、まだそういうことはしていない。今夜が初めての夜になりそう……

「……ミカ、どうしたの？」

「ううん、何でもない」

一人で意識して緊張しているなんて、知られたら恥ずかしい。

でも……どうしよう。二十数年ぶりのエッチだし、体はまっさらな状態になってるし！

今は披露宴に集中しなきゃ、と邪念を振り払う。

披露宴が終わったあとは二次会だ。

さすがに四十代の男性に三次会はキツいということで、深夜前に解散となり、私たちは披露宴を行ったホテルの部屋へ戻ってきた。

「わぁ～。スウィートルームは広いね」

「そうだな」

結婚式を行う二人には、ホテルからスウィートルームの宿泊がプレゼントされている。キングサイズのベッドの上には「Happy Wedding」と装飾され、バラの花びらが舞っていた。

「すごくゴージャス！　しかもフルーツの盛り合わせもあるし」

「本当だ。名前入りのシャンパンも用意してくれている」

二人で食べきれないほど量のあるフルーツに圧倒されつつ、私は部屋の内装を見ていく。

「部屋いくつあるんだろう。なんか、マンションの一室みたいだよね」

寝室に、リビング、そしてダイニングルーム……と様々な部屋があった。リビングの真ん中には大きなグランドピアノもあるし。パーティでもできそうな雰囲気。

「あの……」

今日、もちろん初夜だから……そういうことをするよね？

そう質問するべく、内装を眺《なが》めている彼に声をかけると、修二は大きな伸びをして振り返った。

「今日は疲れたから、お風呂に入ってもう寝るよ」

「え……？」

「先に頂《いただ》いてもいい？」

「あ……うん、どうぞ」

まさかの先手を打たれてしまった。ふあ……と欠伸《あくび》をした修二は、そのままバスルームへ消えていき、部屋には私一人が残る。

――嘘《うそ》でしょ……初夜なのに、何もしないの？

私たちは恋人期間がないまま結婚が決まって、プラトニックな関係のまま今日を迎えた。

今日こそは一線を越えるだろうと心づもりしていたのに……。肩透かしをくらった私は、茫然《ぼうぜん》と立ち尽くす。

バスルームから聞こえてくるシャワー音を聞きながら、ソファに項垂《うなだ》れた。

――修ちゃんは、私のことを抱きたくないの？

美嘉だと名乗って他の男の人とどうこうすると脅してしまったせいで、仕方がなく結婚してくれただけのこと？

私のことを好きじゃないから、抱くつもりがない……とか？

「はぁ……」

深いため息をついて、窓の外の夜景を眺《なが》める。

二十年以上も離れていたら、気持ちも離れてしまうのはどうしようもない。何しろ、再び現れた私は全く違う人間になっている。

――すぐには受け入れられないよね……

それでも、専務と秘書という立場を越えて、夫婦になれた。敬語もなくなったし、二人の距離は確実に近づいているに違いない。前向きに考えよう、と気合を入れる。

「ここですんなり諦められるわけない」

私だって二十三年間いろいろと我慢していたんだもん。こんなところで引き下がれない。

修二がお風呂から上がってきたあと、今度は私がお風呂に入る。

スウィートルームのバスルームは大理石で作られ、円形の広々とした浴槽があった。目の前の壁一面が窓になっていて、東京の夜景を見つつ入れるという、ロマンチックな雰囲気だ。

「これって絶対一緒に入るべきだったよね」

アメニティ類も女子が喜ぶようなラインナップで充実している。いい香りのボディソープやシャンプーを使って、自分の全身をピカピカに磨き上げた。

ところが部屋に戻ると、修二の姿がない。各部屋を見回して探してみても、物音一つしなかった。

まさかと思って寝室を覗くと、キングサイズのベッドの上で眠る修二を見つける。

「嘘《うそ》でしょ……」

――先に寝てるなんて。どこまで避けるつもりよ？

これも大人の余裕ってやつ？　若い男性だったら、こんなふうに新妻を放置なんてしない。でも修二は二度目の結婚で年齢も重ねているので、ガツガツしていないのかもしれなかった。

私みたいに切羽詰《せっぱつ》まってもいないだろうし、初体験を焦《あせ》っているわけでもない。

なんだか自分ばかり期待に胸を膨《ふく》らませていて悔しい。少しくらい修二を困らせたい。

ふわふわのバスローブに身を包んだ私は、お風呂上がりの熱い体のままベッドに潜《もぐ》り込《こ》んだ。

彼は熟睡しているようで、私が隣に来ても気がつかない様子。すやすやと寝息をたてて眠るその顔は、あの頃のままであどけない。

その顔をじっと見つめたあと、彼の体にぎゅっと抱きついてみる。

——どう？　起きた……？

力を込めてぎゅううーっと抱きついたのに、無反応。意を決して行った大胆な行動が空ぶった気分にさせられる。

じゃあ、もう少し。

彼の首もとに顔を擂《す》り寄せて、ぐりぐりと何度もこすする。すると、彼の温《ぬく》もりを感じた。同じボディソープの香りの中に修二の懐かしい香りがして幸せな気持ちで満たされる。

「修ちゃん……起きてよ」

ずっとこうしてくっつきたかった。やっと修二のものになれるんだって喜んでいたのに、何もしてもらえないなんて寂しいよ。

せめてキスだけでも……

修二の首もとから離れて、体勢を変える。上半身を起こして彼の寝顔を見下ろし、そのまま顔を近づけたところで、ぐいっと体を掴まれた。視界がぐるりと回る。

「うちの奥さんは、寝込みを襲う人だったのか」

「修ちゃん……！」

どうやら私は組み敷かれてしまったようだ。寝起きの気怠《けだる》い雰囲気を纏《まと》った修二は、大人の色気を振りまいている。私の鼓動が速くなっていった。

「しょ……初夜なのに、修ちゃんが寝ちゃうから……」

「……それは悪かった。だけど四十を過ぎると、お酒を飲んだらすぐに眠くなるんだ。体力だって、昔みたいに有り余っているわけでもない」

「そうなの……？」

「そう。だから、今度、改めてするから、今日はこれで我慢して」

優しく頬を撫《な》でられ、じっと熱く見つめられて、呼吸がうまくできなくなる。ドキドキと胸が大きく鳴って、心臓が爆発しそうだ。

「修……っ、ん――」

顔が近づいてきて、自然と目を瞑《つむ》って彼を受け入れていた。柔らかいくちびるの感触に酔いしれ、甘いキスに溺《おぼ》れていく。

修二と二度目のキス。

ちゅ、ちゅっとリップ音を立てつつ、何度か軽くくちびるが触れ合う。そうしているうちに、欲張りな私はもっとキスがしたくなった。

彼の首に手を回して、離れないでと乞《こ》う。

――修ちゃん、好きだよ。大好き……！

気持ちはあの頃のまま、ずっと変わらない。いや、離れていた分、増しているみたいで、彼への気持ちが爆発しそうなほどに育っている。

一度目のキスは、突発的に私からしたものだったけど、今日は違う。修二からしてもらえたから、体中が喜んでいるのだ。

「ん……」

離れないでほしいと体を密着させていると、くちびるが触れている時間が長くなり始めた。息をする間をも惜しんで触れ合い、より深く繋がる。

舌を伸ばして彼のくちびるの奥へ入りたいとおねだりしてみたところ、彼はくちびるを離して呆《あき》れたような表情を浮かべた。

「こら」

「だっ、て……」

もっと大人なキスがしたい。

普通のキスでも充分嬉しいけれど、もっと欲しいの。体を繋げないのなら、せめて濃厚なキスが欲しい。

昂《たか》ぶった感情を抱えて見つめていると、彼は「仕方ないな」とばかりに苦笑を漏《も》らした。そして目を閉じ、再びキスをくれる。

「……ん、ぅ」

修二のくちびるが薄く開いて、ゆっくりと舌が絡む。

あぁ、どうしよう。体の奥がジンジンしてくる。

忘れていたこの感覚が、体中を這《は》っていた。自分が女であることを強く感じて、その甘い疼《うず》きに心地よさを感じながら、私は濃厚なキスに溺《おぼ》れていく。

酸欠になりそうなほど舌を絡ませて、お互いの唾液が混ざり合うのを喜んだ。

我慢できなくなるくらいの熱がこみ上げてくる。今日は最後までしないと言われていたのに、暴走していく自分を止められない。

「あ……っ、ん」

キスだけなのに、すごく感じている。お風呂上がりで下着をつけていない体は、しっとりと汗ばみ昂《たか》ぶっていた。

「ミカ」

優しい声で名前を呼ばれて、目を開く。

「何？　修ちゃん……」

もしかして、この先もしてくれる気になった？　それだったら嬉しい。喜んでこのまま最後まで進むよ。

何を言われるのだろうと、期待を込めてじっと見つめていると、にっこりと微笑《ほほえ》みかけられた。

「もう寝ようか」

「……あ、………はい」

――嘘《うそ》でしょう？　こんなに盛り上がっていたっていうのに、すんなり中断できちゃうものなの？

それとも、もしかして私、焦《じ》らされてる……？

現実を受け止められずにいる私を残して、修二はベッドで仰向けに戻り目を閉じる。

「おやすみ。今日はゆっくり休んで」

「……おやすみなさい」

修二に合わせてそう言ったけれど、全然眠くないから！

この熱くなった体をどうすればいいの……？

ダウンライトのついた部屋で天井を眺《なが》めたまま、私は熱くなった体を冷まそうと努力する……でも、隣にいる修二の寝顔が麗《うるわ》しくて、それはそれで興奮してしまう。

――なんか、男女逆じゃない？

私ばかり興奮して、エッチに貪欲《どんよく》で、思春期真っ盛りの男の子みたいじゃない。一方の修二は落ち着いた大人な振る舞いで、どこまでも冷静沈着。

こんなに温度差がある二人だけど、大丈夫なのかな……。修二は私を少しでも好きだと思って結婚してくれたんだよね？

彼の口から好きだと聞いたことがないから、不安が募《つの》る。

いやいや、いいと思っていなかったら結婚なんてしないよね。

今まで周囲にいた女性たちは、一緒に眠ってところまでもいけなかったんだもの、私が特別な存在であることに間違いはないと思いたい。

弱気になる心を奮《ふる》い立たせて、大丈夫だと自分に言い聞かせた。

悶々《もんもん》とした体をもてあまし、結局私は朝方まで眠れなかった。

ようやく寝られた直後に朝になり、修二に揺さぶられて目を覚ます。

「もう八時過ぎているぞ。朝食バイキングに行くんじゃないのか？」

「ううん……」

すっぴんで寝ぼけている姿なんて見せたくないから彼よりも早く起きるんだと決めていたはずなのに、全然ダメだった。

むにゃむにゃと言いつつ再び寝ようとするのを、もう一度起こされる。

「こら、ミカ。起きなさい」

寝起きが悪いのは美嘉時代と同じで、修二は手慣れた様子で起こしにかかった。

その容赦《ようしゃ》ない起こし方で、やっと目を覚ました私は、ボサボサの頭のままちょこんとベッドの上に座り込んだ。

「………ここ、どこ」

「結婚式を挙げたホテルのスウィートルームだよ。完全に寝ぼけてるな」

覚醒《かくせい》しきっていない頭で、ボーッとしながら周りを見回す。

見慣れない広い部屋の壁紙は、一面真っ白で気持ちがいい。大きな窓の向こうには、スカッと晴れた空と東京の街並みが広がり、車が走っているのが見える。

「開けすぎ。ちゃんと隠して」

ベッドの端に座っていた修二に、胸元を正された。ふと視線を下に向けると、胸の谷間が見えている状態だ。

「きゃあ……っ！」

「きゃあ、じゃないよ。いくら寝起きが悪いからって、絶対に俺以外の男の前でこんな格好になるなよ」

「な、な、ならないし！　修ちゃんとしか、一緒に寝ないから」

「じゃあいいけど」

片方の口角だけ上げて意地悪な笑みを浮かべる修二にドキッとする。

胸元を見られていたせいで、急激に目が覚めた。

まだそういうことをしていないのに、先にちょっと見られちゃうなんて、一生の不覚！

「……おっぱい、見た？」

「見てないよ」

「嘘《うそ》、結構開けてたでしょ？」

「見てないって。それは初めての夜まで楽しみにとっておくから」

初めての夜、というパワーワードに思いっきり反応して、頬を火照《ほて》らせる。

昨日初体験ができなくてかなり落ち込んでいたのに、期待で胸が膨《ふく》らんだ。我ながら単純だなと呆《あき》れるものの、素直に嬉しい。

「ミカの反応は可愛いな。楽しみにしてるよ」

頬にキスをされる。そのままベッドに倒れ込むほど、修二の仕草にドキドキした。

——ああ、もうズルいよ。

いつまでも私を夢中にさせる修二が憎い。こんなに惚《ほ》れ込んでいるのは私のほうだけだと思うけど、好きで好きで仕方ない。

早く初体験ができますように……と、私は心の中で願うのだった。

4

修二と結婚してから、二週間が経過した。

ハネムーンに行き長期休暇も終えた私が仕事に復帰したところで、秘書課の担当替えが行われる。

「齋藤さん……失礼、不破さん。不破さんは、東《あずま》常務の秘書をお願いします。代わりに東常務の秘書だった結城《ゆうき》さんに不破専務の担当をお願いします」

「はい」

秘書課長の部屋で辞令を交付され、私と結城さんは課長の前に並んで指示を受けた。

修二の奥さんになったので、彼の秘書でいられなくなってしまったのだ。

一年未満で離れるのは寂しいけれど、これからは家で一緒だからいいよね。

結城さんはベテランの秘書で、私の教育係をしてくれていた女性だ。年齢は修二と同じくらい。

既婚者だから彼を取られる心配がなく、彼女が修二の担当になってくれるのは有難い。

「齋藤さんが不破専務の奥さまになるなんてね。彼、とても人気だけど、今まで一度も浮いた話がなかったのよ。齋藤さん、やるじゃない」

「えへへ……」

「結婚してから可愛さに磨きがかかった気がする。愛されているのね」

そうでしょうか……と照れつつも謙遜《けんそん》する。けれど浮ついた気持ちの中、ふと我に返った。

ハネムーンで海外に行っていた時も初体験することはなく、私は清い体のまま新婚生活を継続している。

現在、二人の新居を建設中で、まだ一緒に暮らせていないのだ。新居が完成したら一緒に住み始める予定だけど、いつになったら新婚生活を送ることができるのやら。

悶々《もんもん》とした気持ちで毎日を過ごしつつも、修二からの連絡でそのモヤモヤは吹き飛ばされた。

一緒にいられないせいで不安は募《つの》っていても、電話で話すたびに舞い上がり幸せな気持ちでいっぱいになる。

もう少しの我慢だと自分に言い聞かせて、私は彼と一緒に住める日を楽しみにしていた。

そんなある日。私はミーティングルームで結城さんから東常務の情報を聞き、仕事の引継ぎをしていた。すると、隣の部屋から修二の声が聞こえてくる。

「……こういうのは困るんだけど」

「分かってます、分かっているんですけど……どうしても抑えきれなくて。好きなんです」

――ええ……っ!?

その声は、修二と女性社員のものだ。

私と結城さんは会話を止めて思わず顔を見合わせる。

「だからって、こういうのは仕事の時にしてはいけないよ」

「でも……抑えきれなくて。不破専務は、こういうの嫌いですか？」

「嫌いじゃ……ないけど……でも」

会話から、いろいろと邪推してしまう。

もしかして女性社員から迫られてる？　二人きりでミーティングルームの中に入って、何をしているの？

結城さんは小さな声で「私が見てきましょうか？」と言ってくれる。

だけど、ここは妻としてしっかり現場を押さえたほうがいい。それから「うちの旦那に手を出さないでください」と牽制《けんせい》すべきだ。

――修ちゃん、何をしているの？　もしかして他の女性と抱き合っていたりしないよね？

私と結婚する以前から深い関係にある女性だったらどうしよう……。毅然《きぜん》とした態度で対応できるか不安だけど、まずはこの目で確かめないと。

修二がモテるのは知っていたが、結婚してもそれは現在進行形なのだと落ち込みそうになる。

しかも私は、まだ彼のものになり切れてない。彼を誰かに取られてしまうんじゃないかと、不安でいっぱいだ。

完全に修二のものになれたら、こんな心配もせず堂々と嫁として振る舞えるのだろうか。

意を決して部屋を出て、隣のミーティングルームの扉をノックする。

「失礼します」

扉を開けた部屋の中では、修二と女性社員が資料を見ながら話していた。

彼が驚いたような表情でこちらを見る。一方の女性社員は資料を握り締めたまま、気まずそうに俯《うつむ》いた。

「……どうしたの？」

以前なら「齋藤さん」と呼ばれていたけれど、結婚したから私と彼は同じ苗字になった。自分の妻を不破さんと呼ぶのが躊躇《ためら》われたのか、彼に名前を呼んでもらえなかった。

「いや……あの……隣のミーティングルームにいたのですが、ちょっと気になる会話が耳に入ったものですから……」

——どうしても抑えきれなくて。好きなんです！

先ほど聞こえてきた言葉が頭の中に響く。

その女性社員に告白されていたんじゃないの、と疑いの目を向けると、修二は小さくため息をついて、彼女の持っていた資料を私に差し出した。

「見てよ、これ」

資料に貼られている何枚もの紙が目に入る。

他社向けに作られたその資料には、イケメンたちのイラストがデザインされた付箋《ふせん》が貼られていた。私は目を丸くする。

「これ……は？」

「他社用の資料にこれが貼られたまま提出されていて、先方から苦言を呈《てい》された。プライベートや自分用に使用するなら問題ないけど、仕事用の資料にこれはよくないと注意していたんだ」

「……そう、だったんですね」

「でもこれ、とても可愛くないですか？　私、このシリーズの付箋《ふせん》を全種類集めているんです。このイケメンが特に好きで……」

抑えきれないほど好きだと言っていたのは、このイラストのキャラクターのことだったのか……と私は呆気《あっけ》にとられる。

私はてっきり修二のことだと――

「君も、これはダメだと思うでしょう？」

「そ……そうですね。このキャラは格好いいですけど、オフィスでの使用は控えたほうがいいですね」

「ということだから、今度から絶対にしないように」

厳重注意をされた女性社員は、「すみませんでした！」と深々と頭を下げたあと、ミーティングルームを逃げるようにして出ていった。

二人きりになり、修二は大きなため息をついて、私に渡していた資料を手に取る。

「注意するって難しいよね。特に若い女性は」

「……そう、ですね」

「それより、気になる会話って何だったの？」

修二は私に顔を近づけ、口元を吊り上げて意地悪な笑みを浮かべる。

担当秘書から外れたはずなのに、彼のいるミーティングルームに突入する事態が起こった経緯を聞かせてほしいと迫られた。

――ど……どう言えばいいの。浮気を心配したと答えたら、「信用していないのか？」と言われてしまいそう。

でもそれ以外の理由が出てこない。

「いや……あの……」

しどろもどろの返事をしていると、壁際にじりじりと追いやられる。

修二の表情からして、分かっているけれど言わせようとしている感じだ。私はますます追い詰められていく。

「……ま、いいか。今日の夜、じっくり聞かせてもらおうかな」

「……夜？」

「今日はうちにおいで。引っ越しの荷造りも手伝ってもらいたいし」

「は、はい」

――修二の家に呼んでもらえた！

そのことが嬉しくて、困っていたはずなのに、ぱあっと顔が明るくなる。

「これ、鍵。もし俺が遅かったら、先に入ってて」

「……うん、ありがとう」

マンションの鍵を受け取って、顔が緩《ゆる》みそうになるのを必死で堪《こら》えた。

……けど、ダメだ、嬉しくて緩《ゆる》む……

「何、その顔。……もう」

「え？」

修二の言葉がどういう意味なのか分からなくて顔を上げた瞬間、ちゅっと軽いキスをされてしまった。

「～～～っ」

まさか会社でこんなことをされると思っていなかった私は、驚きで固まる。心臓が爆発しそうなくらい、バクバクと鳴り出した。

でも隣のミーティングルームには結城さんがいる。ここでの会話は彼女に聞こえるだろうから、変なことは言えない。

「じゃ、またあとで。不破さん」

「……はい」
二、三度私の頭を撫《な》でたあと、修二は颯爽《さっそう》と部屋を出ていった。誰もいなくなったミーティングルームで、私はへなへなへなっと床に座り込む。
――ああ……っ、刺激が強すぎる。そして腰が抜けた。

見慣れた修二のはずなのに。二十年以上前、夫婦にまでなった相手なのに……。改めて胸がときめき、好きな気持ちが止められなくなりそう。

――修ちゃん……素敵すぎじゃない？

以前より大人の余裕と魅力が増して、格好よさに磨きがかかっている。

私……どうすればいいの！

熱くなる頬を両手で包み込んで、彼を好きすぎる気持ちに恐れおののく。

しかも合鍵を貰ってしまった。

初めて告白した日は、部屋に入ることを拒まれたのに、ついに部屋に呼んでもらえることになったのだ。もうすぐ引っ越す住居のものとはいえ、合鍵を貰えるなんて、大きな進歩だと言える。

鍵を見つめていると、また顔が緩《ゆる》んだ。

——もう……どんだけ好きにさせるつもり！

夜が楽しみで、私はその後の仕事をいつも以上に頑張ってしまった。

∞　∞　∞

鍵を渡した瞬間の未華子の顔を思い出して、俺は思わず顔を綻《ほころ》ばせた。

「嬉しい……！」と顔に書いてあるかのような素直な反応。

あんな幸せそうな顔をするなんて、可愛すぎるだろう。

ダメだ、一人でニヤけていると、変な奴だと思われる。俺はすぐに気を引き締めて、いつもの表情に戻す。

そもそも彼女からプロポーズをされた時は、前向きに検討すると答えたもののなかなか決断できないでいた。

——本当に俺でいいのか。

俺に会うために生まれ変わってきたと彼女は言ったが、十九歳も離れている男と結婚しても、すぐに別れが来る可能性は低くない。俺がいつまで元気でいられるかは分からないのだ。介護ばかりさせるくらいなら、一緒にならないほうがいいのではないか。未華子には未華子の新しい人生がある。いい人と巡り合って、その人と人生をやり直したほうが、彼女にとっていいのではないか。そう考えていた。

だけど……

総務課長が彼女に見合い話を持ってきたと知り、その男と彼女が一緒にいるところを見て、俺の中で忘れていた感情が渦巻《うずま》いた。

美嘉を――いや、未華子を渡したくない。

俺以外の男と彼女が一緒になることを想像すると、不快な気持ちになる。それが嫉妬《しっと》であり、自分が彼女を独占したいと考えていることに気がついた。

彼女がどんな気持ちで俺のもとへやってきたのか考えると、突き放すなんて酷《ひど》すぎるとも思える。

男として彼女を受け止める。逃げてはいけない。年齢なんて関係ない。

腹をくくった俺は、未華子との結婚を決めた。

そうして俺たちは正式に婚約し、すぐに結婚に至ったのだ。

それでもやはり、自分のものとすることにまだ躊躇《ためら》いはある。ただ、どうにか手を出さずにいるのも、そろそろ限界だ。

それに、手を出してもらえないことに未華子が不満を持っているのが、ひしひしと伝わってくる。

刺さるような視線を受けて、居たたまれない気持ちになることがしばしば。

このまま彼女を放置するのは、あまりにも酷《こく》だろう。

彼女の望みに応えたい。それが夫としての務め――。そう尤《もっと》もらしく自分に言い聞かせてみたが、浮かれている心をどうしようもできない。

未華子を可愛いと思う気持ちは、日に日に大きくなっているのだ。会社ではそれを隠して、いつも通りの冷静さを装《よそお》う。

彼女はこんな狡《ずる》い男のどこがいいのやら、と呆《あき》れるものの、まっすぐに愛をぶつけてくる妻を可愛がりたくて仕方なくなっていた。

∞ ∞ ∞

――夜、修二のマンションの前。

この鍵を使う時が来た、と私は手にした鍵を見つめる。

緊張しながらエントランスに入る。独身貴族の住まいとはこういうものかと感心するほど高級感溢《あふ》れる空気に驚いた。

家庭を持っているわけではない、ある程度の収入がある人なら、こういうマンションに住むのは容易《たやす》いのだろう。

塵《ちり》一つ落ちていない床はメンテナンスが行き届いている証拠。内装のデザインは和の雰囲気を取り入れたモダンなテイストで素敵だ。

そんなエントランスに圧倒されつつエレベーターに乗り、修二の住む部屋へ向かう。

――修ちゃんの部屋、どんな感じだろう？

私が会社を出る時は、彼はまだ仕事中だった。なので、私は誰もいない部屋に上がり込むことになる……

好きな気持ちが溢《あふ》れて、彼のベッドにダイブしてしまいそうで怖い。

自分の行動を想像して苦笑した頃、エレベーターが目的の階に到着した。

エレベーターを出てまっすぐ進んだ一番奥の角部屋が、彼の部屋だと聞いている。

一歩踏み出した廊下には絨毯《じゅうたん》が敷き詰められていて、足音がしない。ふわふわの感触を味わいつつ、ゆっくりと進んでいく。

そして、不破と書かれた表札をかかげた部屋の前で足を止めた。

「ここか……」

緊張しながら扉を開けると、自動で玄関の電気がついた。

「わ……凄《すご》い……」

すきっと片付けられている玄関には、余計なものは置かれていない。綺麗好きの修二らしい感じだ。誰もいないのに「お邪魔します」と呟《つぶや》いて、私は中へ進んだ。

もうすぐ引っ越しするとはいえ、まだしばらくはこの部屋で生活する。そのせいか、彼はあまり荷造りしていない様子。数個段ボールが置いてあるけれど、それ以外はきっといつも通りの空間なのだろうと思えた。

リビングに入り一通り部屋をぐるりと見回したあと、ふと隣の部屋に目が行く。そこは和室で、仏壇が置いてある。

「あ……これって」

美嘉の仏壇だ。

生前の私の写真がいくつか飾られていた。懐かしさで胸が躍る。

「わっかーい！　この時の私、いくつよ？　ふふ……まゆげ細い」

当時は細眉が流行《はや》っていたため、美嘉の眉は細く吊り上がっている。髪は、大好きだったアーティストの真似で金色に染めていた。

高校時代は校則が厳しくて、大学生になってすぐ金髪にしたことを思い出す。

「うわぁ……時代を感じる。でもなかなかイケてるじゃん」

あの頃は、こういう服装だったなと思い返し、それと一緒に修二との思い出に浸《ひた》った。何でも覚えているつもりだけど、二十三年も経っていると思い出せないエピソードもある。

「これ……何の時の写真だろ」

二人で顔をくっつけて、ニカッと笑っている写真を手に取る。

背景はペンでデコレーションされていてよく見えない。っていうか、こんなふうに写真に落書きするのも懐かしかった。

今じゃスマホで写真を撮るのが普通でも、この当時は撮ってすぐに見られるカメラはポラロイドカメラしかなかったもんね。どんなふうに写っているか、現像してみないと分からない博打《ばくち》感がたまらなく面白かった。

「それは、大学の学園祭の写真。一年生の時で、付き合って間もない頃だ」

「修ちゃん！」

写真に夢中になっていて、修二が帰ってきた音に気がつかなかった。彼の姿を確認した私は、急いで立ち上がる。

「ねぇ、これすごく懐かしいね！　飾っていてくれたんだね、ありがとう」

「ああ、ずっと飾ってた」

写真の色あせ具合から、ずっとこうして飾っていてくれていたんだと分かる。いつまでも美嘉のことを忘れず大事に想ってくれていて嬉しい。

「ねぇ、お腹《なか》すいてない？　晩ご飯どうする？」

修二のマンションで手料理を振る舞おうかとも考えたけど、どんなキッチンか分からなかったので、まだ材料を買えていない。

この辺りのスーパーに行くか、それともデリバリーにするか……。そう考えていると、修二が私の近くに寄ってきた。

「もうすぐデリバリーが届くよ。近所の美味《おい》しい中華料理店に頼んでおいた」

「うそっ！　やった、中華料理大好き！」

「だろ。ちゃんと回鍋肉《ホイコーロー》頼んでおいたから」

「修ちゃん～っ、最高!!」

思わず熱い抱擁《ほうよう》をしてしまった。

美嘉時代から、私は回鍋肉《ホイコーロー》が大好物で、一日三食食べてもいいくらい。それを覚えていてくれたことも、今からここで食べられることも幸せすぎる。

しばらくして料理が届けられ、私はダイニングテーブルに料理を並べた。どれも私の好きなものばかりで、テンションが上がってくる。

「ニンニクのものは避けておいた」

「……どうして？」

「どうしてだろうね？」

意味深な笑みを向けられて、一気に心拍数が上がる。

――これって……もしかして、そういう意味の合図？

「あ、あの……あのあの……っ」

「さ、食べよう？　明日は休みだから、時間を気にしなくていいだろう？」

「…………ハイ」

こんな意識させられることを言われたら、緊張しちゃうよーっ。とはいえ、旦那さまである修二の家に来るのだ。今日も勝負下着をつけてきた。

いつでもそういうことが起きていいように、会社のロッカーに置いていたものだ。彼の好みっぽいピンクのレース系の下着だから、きっと満足してもらえるはず。

こんなにドキドキしたら味が分からなくなる、と思いきや、ものすごく美味《おい》しい料理ばかりで、私は食欲に負け、たくさん食べた。

しかも料理と共にすすめられたビールまで進む。

もう少し控えておけばよかった……と思った時には、すでに満腹。これじゃあお腹《なか》が出てしまうのでは、と心配になる。

「はい、どうぞ」

食後の温かいお茶を彼が出してくれた。至れり尽くせりで申し訳なくなる。

「何から何までありがとう。こんなにしてもらって申し訳ないです……」

「いいんだよ。一緒に住むようになったら、ミカにたくさんしてもらうから」

私たちが以前新婚生活を送っていた時も、何かと気が利く修二は美嘉をたくさん甘やかしてくれていた。もちろん私も家事をしたものの、同じくらい彼も分担してくれて、とても助かっていたのを思い出す。

「食事も終わったことだし、リビングに移動しようか」

「うん」

ダイニングルームの隣にあるリビング。

そこには座り心地のよさそうなゆったりとしたソファがあって、その前に大きな液晶テレビが置いてある。周りにはスピーカーが設置され、これで映画を見たら臨場感を味わえそうな感じだ。

ゆったりとしたソファは、想像以上に座り心地がよく、私は一瞬、ここから動きたくない気持ちになる。

「あ～、最高。幸せすぎる……」

「はは、そうだろ。このソファは、とても気持ちいいから」

ベッドにもなりそうなほど大きなソファに寄りかかってリラックスしていると、隣の修二から視線を感じた。

「どうしたの……？」

「今日の昼間のことだけど」

「……え？」

私は、昼間のミーティングルームでの出来事を思い出す。若い女性社員との話し声が聞こえてきて、迫られているのではないかと勘繰って突入した、あの件。

あれは何だったのか、今夜聞かせてもらおうと言われていたことも思い出し、途端に、焦《あせ》る。

「もしかして、俺が他の女性と何かしてると思った？」

「いや、あの……その……」

「君と結婚したばかりなのに、浮気を疑われた？」

じりじりと追い詰められて、何も言えなくなる。

――というか、全部正解だから、言い訳できない！

「ねぇ、俺って、そんなに信用ない？」

「そんなこと、ないんだけど……心配なの」

「心配？」

何が心配なのか全く理解できない、と不思議そうな表情を浮かべて、彼は私をじっと見つめる。

「だって、修ちゃんは女の子に人気だから。私以外の人に惹《ひ》かれたらどうしようって……」

「バカだな。そんなことになるわけないだろう。こんな枯れた男に夢中になるのは、君くらいだよ」

「そんなことない！」

修二は大人の色気に溢《あふ》れていて、女性たちの心を鷲掴《わしづか》みにしているんだから。妻を亡くして哀愁《あいしゅう》を漂《ただよ》わせている彼が、どれだけ魅力的か分かっていない。

「それに私……結婚してもらえたけど、まだ修ちゃんのものになりきれていないから不安なの。早くちゃんと奥さんになりたい」

彼はじっくりと夫婦になろうとしてくれているのかもしれない。焦《あせ》らず関係性を築いていこうとしているのに、こんなふうに急《せ》かすのは嫌だけど、自分の気持ちは隠せない。

私は早く修二のものになって、奥さんになれたんだって安心したいのだ。

「俺のものになりきれていないって、どういう意味？」

ああ、またその顔……

ニヒルな笑みを浮かべて、私をじっと見つめる、彼の顔。きっと答えを分かっているのに、わざと私に言わせようとしているに違いない。

悔しいのに、体は素直に反応して熱くなる。

「そ、それは……」

「ミカ、教えて」

ソファがぎしっと揺れたあと、修二のくちびるが耳に近づいてきた。低くて心地いい声で、囁《ささや》かれる。

「鈍感な俺に分かりやすく説明してよ。ねぇ、ミカ。……お願い」

その甘い声だけで腰が砕けそうになった。

——私は……私は……

「……修ちゃんに、抱かれたい。私のこと、全部もらってほしいの」

ほうっと甘い吐息が漏《も》れる。

包み隠さず全部言ってしまった。

こんなふうに私のほうから抱かれたいなどと口にして大丈夫だったかなと不安になってきた時、修二のくちびるが耳たぶを食《は》んだ。

「いい子だ。素直なところが、可愛いよ」

「……あっ——」

生温かい舌が耳を舐《な》めている。

ゾクゾクとした気持ちよさが体中を這《は》いまわって、思わず声が漏《も》れた。彼のシャツを掴んで、声を出さないように必死で堪《こら》える。

そこに彼がさらに甘く囁《ささや》いた。

「お風呂に入っておいで」

「……うん」

――どうしよう、どうしよう。ついにこの時がやってきたんだ……

自分から望んだこととはいえ、心臓が爆発しそうなくらい緊張している。美嘉時代に経験があっても、随分《ずいぶん》昔のことで何もかも忘れているせいで、うまくできるか不安だった。

だけど、ここは修二に身を任せるしかない。

バスルームに案内されて、丁寧に体を洗う。準備してもらっていたバスローブに身を包んで寝室のほうに向かうと、入れ替わりで彼がバスルームへ行く。

清潔なベッドの上で、ちょこんと座って待機する。しばらくしてお風呂上がりの修二が部屋に戻ってきた。

「……緊張してる？」

「う、うん……。だって、前にしたのって、美嘉の時だったし、もうかれこれ二十数年前だよ。体も新しくなってるし、どうすればいいか分からなくて」

「そうだよな」

修二が腰をかけると、ベッドがぎしっと揺れる。少し濡《ぬ》れたままの髪が、さらに彼の魅力を引き立てていた。

「優しくするから」

「……うん」

「おいで」

そっと引き寄せられ、私たちはくちびるを重ねる。お風呂上がりの温かさが心地よくて、何度も触れ合わせた。すぐに彼の舌が私の中に入ってくる。

「……っ」

今まで修二から積極的にキスをしたことなどなかったのに、今日は違う。いやらしい動きで大胆に私の中を掻き混ぜ、この先に進むつもりがあるのだと伝えてくる。

本気を見せつけられた私は、彼のキスに呼吸を忘れるほど溺《おぼ》れた。

「は……ぁ、ん……っ」

絡まり合う舌の感触と、甘い唾液に頭がとろとろに溶けていく。大好きな修二のキスが嬉しくて、もっともっと欲しいと求めた。

「修ちゃん……大好き……っ」

息継ぎする瞬間に、抑えきれない愛を囁《ささや》く。胸の中にこの感情が溢《あふ》れていて、言葉にしないとどうにかなってしまいそう。

そんな余裕のない私に、修二は甘ったるく微笑《ほほえ》みかけてくれた。

「……ありがとう。嬉しいよ」

やっぱり修二は余裕だ。私はこんなにいっぱいいっぱいになるくらい好きなのに、彼には大人の余裕がある。

想いの熱量の違いを感じて少し寂しいけど、私と同じものを求めるのは間違っている。

自分の気持ちを押しつけたら重く感じるだろうから、これで満足しなきゃ……

再びキスをされている間に、ベッドの上に押し倒され、修二に覆《おお》いかぶさられた。私は彼の首に手を回して体を密着させる。ほどなくして、修二の手がバスローブの紐を解いた。

この日のために、あれこれ準備したし、見られても大丈夫。勝負下着にどんな反応をするか胸を高鳴らせていると、彼とバチッと目が合った。

「どうしたの？」

「え……っと、あの……下着。つけたままでよかった？」

——ああ、もう！　私ってば何を聞いているの。こんなのムードもくそもないじゃない。

「うん、いいよ。可愛い下着つけているんだな。よく似合ってる」

「ほん、と……？」

「ああ。色っぽい」

色っぽいと言ってもらえるなんて嬉しい。心を弾《はず》ませていると、そっと頭を撫《な》でられた。

「ずっと見ていたいのに、脱がせたい衝動にも駆られてる。脱がせていい？」

「……うん」

脱がせたいなんて言われて、その言葉だけで昇天しそうだ。興奮が高まり全身の熱が一気に上がっていくのを感じていると、彼がデコルテラインを撫《な》でた。こそばゆいような優しいタッチが、胸の上部の柔らかな部分に移動していく。

彼の手がふっくらと寄せた胸元を通りすぎた時、ビクンと大きく私の体が揺れた。本格的に触られているわけじゃないのに、とても気持ちいい。

それから彼はブラの上をなぞり、後ろへ手を回す。いよいよだと心づもりをした直後、ホックを外された。

「……んっ――」

するりとブラを外されると、バストが全部見える状態になる。

「見せて」

「あ……っ、ダメ。恥ずかしい……」

いつも積極的な私が、恥ずかしがっているなんて柄《がら》じゃないと笑われるかもしれない。でも、修二に全部を捧《ささ》げたいと思う一方で、やっぱり裸を見られるのは恥ずかしかった。

「隠さないで。すごく綺麗だから」

手首を掴まれてベッドに押さえつけられる。胸を全部彼に見られてしまった。

「すごく綺麗だよ」

「やぁ……、そんな、見ないで……」

照れる私に、修二はもう一度キスをする。そしてそのまま体を下げ、露《あらわ》になった胸に顔を近づけた。

「可愛いから見せて。俺の奥さんでしょ？　全部くれるんだよね？」

「う……」

この体を全部修二にあげたい――そう思っているのは間違いない。だけど、恥ずかしくてたまらない。

――あなたのことが好きだから恥ずかしいんだよ。

「ほら、ここも。すごく可愛い」

「っ、ああ！　ダメ……っ、それ……！」

胸の先にある尖《とが》りをちゅっと吸われ、彼の舌に囚われる。容赦《ようしゃ》なく頂《いただ》きを舌先で転がされているうちに、もう片方の胸を揉《も》まれた。

大きな手でふにふにと胸を揺らされ、甘い声が止まらない。

「あっ、あああん……！　だ、ダメ……っ、ホントに、それ……」

こんなふうにダメダメと言うつもりじゃなかったのに、今はそれどころじゃない。想像以上に恥ずかしくて、気持ちよくて、愛撫《あいぶ》している修二が格好よくて……軽いパニック状態。

一度冷静になりたいけれど、愛撫《あいぶ》をやめてもらえない。むしろ逃がさないとばかりにホールドされて攻め立てられている。

「こんなに君が可愛いのに、やめられるわけないだろう。観念しなさい」

「ああ……っ」

――可愛い……私が？　本当に……？

彼にそう思われていると考えるだけで、体がますます熱を帯《お》びていく。まだ触れられていない場所がジンと熱くなって、疼《うず》いているのが分かる。

奥から何か溢《あふ》れてくるような、甘酸っぱい感覚。その感覚に悶《もだ》え、足をすり合わせていると、彼の体がその間を割って入ってきた。

「ここも、見せてくれるよね？」

「……あっ」

開けたバスローブは、もう意味をなしていない。ショーツの近くに修二の顔があり、逃げられないところまで私は追い詰められていた。

ショーツの端に指をひっかけ一気に膝《ひざ》まで下ろされる。ぐいっと足を広げられて、全部見られてしまった。

「ほら、やっぱり。想像していた通り、すごく綺麗だ」

「そう、ぞう……って……」

「もう濡《ぬ》れてる。ほら」

修二の太い指先が、入り口辺りをそっと撫《な》でた。

少し揺らされただけで、蜜がいやらしい音を立てて、そこが潤《うる》んでいることを教えてくる。

「や……っ、そんな……」

「初めてなのに、いやらしいな。エロくて可愛い奥さんだなんて、俺は幸せ者だよ」

「ああっ！」

ぬるぬるになっている場所を弄《いじ》られているうちに、敏感な場所を見つけられてしまった。優しいタッチでそこを撫《な》でられると、電流が走ったみたいな快感が体中に訪れる。

「あっ……ダメ、ほんとに。あぁ……」

初めて味わう感覚に腰が揺れる。

くにくにと何度も弄《いじ》られたあと、舌でその蕾《つぼみ》を転がされた。

「ああっ……修、ちゃん……」

修二は私の一番敏感な場所を舐《な》めながら、臀《でん》部《ぶ》や腰を撫《な》で回《まわ》す。その動き一つ一つが極上の快感を生み、私はそれに溺《おぼ》れるしかなくなっていた。

足の間に彼の秀麗な顔が埋まっている。

彼は何の抵抗もなくそこを舐《な》め、時折、私の様子を窺《うかが》い気持ちよくなっているか確認した。そしてゆっくりと追い詰めるように快感を増やしていく。

そんなふうに優しく進んでくれていることが嬉しい。大事にしてもらえているんだ、と伝わってくる。

「俺のほうを見ていられるなんて、随分《ずいぶん》余裕があるんだな」

「え……？」

「もっと激しくしようか」

低くて甘い声が放つ言葉は酷《ひど》く卑猥《ひわい》だ。それだけで下腹部がキュンと疼《うず》く。

修二になら、激しくされてもいい。壊れちゃうくらい気持ちよくしてほしい。何をされても嬉しいし、彼をさらに好きになるに違いない。

期待に胸を膨《ふく》らませていると、彼は自身のバスローブを脱ぎ捨てて裸になった。

引き締まった男らしい体はあの頃のままで、四十過ぎの男性のものとは思えないほど瑞々《みずみず》しい。

彼はその体で私をぎゅっと抱き締めてくれる。

硬質で逞《たくま》しい体は大きく、肌はとても滑《なめ》らか。その心地いい感触にいつまでも包まれていたくて、私も体を摺《す》り寄せた。

「ゆっくり足の力を抜いて」

耳元でそう囁《ささや》かれて、言われた通りに力を抜く。知らず知らずのうちに体を強張《こわば》らせていたらしい。彼の手は太もも辺りを撫《な》でたあと、濡《ぬ》れてしまった場所へ進んでいった。

唾液と蜜で潤《うるお》ったそこに辿《たど》り着《つ》き、指先がその蜜を絡め取る。充分に濡《ぬ》れた指先は周りをなぞり、ゆっくりと中へ進み始めた。

「あ……っ」

少しずつ修二の指が挿入《はい》ってくる。じわじわと私の体を開き、奥まで進んでいった。

「中……すごく熱いよ。ぐちゃぐちゃに濡《ぬ》れてる」

「や……そんな、こと……言わないで……」

「ほら。音聞こえる？　挿《い》れただけなのに、こんなにいやらしい音がしてるよ」

彼の言う通り、そこは指をくわえながら淫靡《いんび》な音を奏《かな》でている。奥のほうを擽《くすぐ》られると余計に蜜が溢《あふ》れて音が増した。

次から次へと溢《あふ》れる愛液が彼の指の動きをスムーズにして、私の気持ちよさは増していくばかりだ。

「ミカのここは濡《ぬ》れやすいんだな」

「修、ちゃんが……上手、だから……」

「そうなの？　もしかして、誰かと比べた？」

そういう意味で言ったわけじゃないのに、と顔を上げる。すぐそばにある修二と目が合って、私はすぐに大きく首を横に振った。

「比べてない。修ちゃんとしかしたことない」

「本当？」

「本当。美嘉の時も、今も、修ちゃんだけ。修ちゃんに触られたらすごく気持ちいいの。だからこんなに――」

言葉の途中でキスをされ、その先は言わせてもらえなかった。

息ができないほど激しいキスに、混ざり合った二人の唾液が口元から零《こぼ》れる。

思考が停止するくらい甘くて濃厚なキスに溺《おぼ》れていると、再び指戯が始まった。

優しいタッチだったそれは、私の体が彼の指に順応してくると、次第に激しく中の壁を擦《こす》った。

その振動が体中に響いて、さらなる快感を生んでいく。

そうやって責められている間も修二からのキスは続いて、私の頭も体も修二のことでいっぱいになった。

「ダメ……それ以上しないで……っ、はぁ……っ、あぁ」

「大丈夫。全部俺に任せて。こんなに気持ちよさそうにしているのに、やめるなんてできないだろう？」

ぐちゃぐちゃに掻《か》き回され、淫《みだ》らな音が止まらない。滴《したた》るほどの蜜はシーツまで濡《ぬ》らす。

「可愛いよ。ほら、もっと感じて」

「あ……っ、あぁ……！　ん――」

気持ちよさで埋め尽くされ、頭が真っ白になっていく。中にいる彼の指を締めつけた私は、ぐっと体を反《そ》らして強く目を瞑《つむ》った。

昇り詰めた体は敏感になったままで、彼の指が抜かれたあともビクビクと痙攣《けいれん》し続けている。

「修ちゃん……私……」

「すごく可愛かったよ」

あまりの気持ちよさに涙目になる私の頭をよしよしと撫《な》でたあと、修二は真顔でこちらを見つめた。

「今さらだけど……本当に俺でいいの？　後悔しない？」

「え……？」

「俺が全部奪ってしまっていいのかなと、ふと思ったんだ」

美嘉の時も、今も、修ちゃんだけ――

そんな私の言葉は重かったのかもしれない。いらぬ気を遣わせてしまったのではないか、と罪悪感に駆られる。

「いいの。私がそうしたいって思っているんだから気にしないで。むしろこっちのほうが、いつまでも追いかけて迷惑かけているんじゃないかって思ってる。こんな年下なんて興味なかったかもしれないのに……」

亡くなった妻をずっと想い続けて穏やかに過ごしていた修二の生活は、私のせいでめちゃくちゃになった。

掘り起こされたくない過去を、私が現れたことで無理やり思い出させもしただろう。

「そんなことないよ。俺は嬉しかった。美嘉がまた現れてくれて」

「本当？」

「ああ、本当だ」

そう言ってもらえて、ホッとした。

私たちが愛し合うことに何も問題がないと分かった今、先に進みたくて仕方なくなる。

「挿《い》れるよ」

「……うん」

体勢を整えて、修二が挿入の準備を始める。

――え？　準備……って？

彼は何をしているのかと急いで体を起こす。

「待って、修ちゃん。何してるの？」

「え？　避妊だけど」

「何で避妊するの？　私たち夫婦でしょ……？」

夫婦なのだから、妊娠したって構わないはずでしょ？　それなのに、何で……？

「気にしないで。ほら、足開いて」

私が初めてだから、そうしてくれただけ……？　そうだよ、今日だけだよね。初めての時って、血がでるっていうし、汚れてしまうのは気になるよね。

浮かんでくるいろいろな思考は、修二のキスに消されてしまう。私がキスに夢中になっている間に、彼のものが秘部に宛てがわれた。

「ん……っ、んぅ……」

彼の先端が入り口を擽《くすぐ》る。

私の蜜が彼に移って、ぬるぬるとした感触に変わった。それから蕾《つぼみ》にもキスをされて、ぐりぐりと擦《こす》りつけられる。

「……っ、あっ、はぁ……っ！」

その気持ちよさに、思わずくちびるを離して喘《あえ》ぐ。

修二のものがすぐそこにあるのが分かり、早く欲しくてたまらない。焦《じ》らされるのがつらくて腰が揺れる。

「早く……お願い」

――修二のもので私を貫《つらぬ》いて。

抱かれたい欲が最高潮になった私は、恥ずかしいことをさらりと言ってしまった。切羽詰《せっぱつ》まり息を切らしている私に対し、修二は余裕のある笑みを浮かべている。

それが悔しいはずなのに、すごく大人な彼に胸がときめいた。

「いいよ。ゆっくり力を抜いて」

「……うん」

深呼吸して力を抜くと、彼が入ってくるのが分かる。隘路《あいろ》に挿《さ》し込《こ》む修二も、時折苦しげな表情を浮かべていた。私は何とか最後まで受け入れる。

「痛い？」

「……う、うん。ちょっと、苦しい……かも」

痛みよりも圧迫感のほうが大きい。

でも自分で触れたことのない深い場所まで彼がきていることに感動している。やっとこれで修二のものになれたんだという喜びに心が満ちていた。

彼は私の体を気遣い、馴染《なじ》むまでゆっくりと時間をかけてくれる。

繋がったまま抱き合い、キスをして、彼と一つになれた喜びを感じていると、だんだん痛みが和《やわ》らいできた。

「ミカ」

キスのあと甘い声で名前を呼ばれる。そっと目を開くと、目の前には修二がいて、色っぽい眼差《まなざ》しでこちらを見つめていた。

「少し慣れてきた？」

「うん。さっきより大丈夫かも……」

「じゃあ、動いてみようか。痛かったらすぐにやめるから」

修二の引き締まった腰がゆっくりと動き出す。擦《こす》れるたびにまだ少し痛むものの、それ以上に気持ちよさそうな彼の表情を見ていると気分が昂《たか》ぶった。

「どうした？」

しばらくして、じっと彼の顔を眺めていたことに気づかれる。すぐに顔を逸《そ》らしたけれど、もう遅い。上半身を離して私の腰を掴んだ修二は、奥まで挿《さ》し込《こ》んできた。

「あ……っ、ん、あぁ……っ、修、ちゃん……」

「何、見てたの？　俺……変な顔してた？」

「ちが……っ、修ちゃんが……格好、いいから……ぁっ！」

修二の感じている顔はすごく素敵だ。会社では不破専務としての凛々《りり》しい態度を崩さない修二が、私の前で切ない表情を浮かべている。

それが嬉しくてつい見惚《みと》れてしまった。

「修ちゃんが好きだから、見ちゃうの……」

「ミカは可愛いこと言うね」

「ああ……っ！」

最奥まできた彼が私を貫《つらぬ》く。

根本まで受け入れた私のそこは、震えながら彼を強く締めつけた。

「今日は初めての夜だから加減しておくけど、今度からそんなふうに煽《あお》らないように。手加減できなくなる」

私たちの繋がった場所がリズミカルに揺れる。

まだ快感とまではいかなくても、修二と一つになれた喜びと、少しずつ高まっていく彼の息遣いを聞ける幸せとで、私の心が満たされる。

ぎゅっと彼に抱きついて、修二の肌の匂いとぬくもりに包まれた。やっと私たちは正式に夫婦になれたのだと実感する。

——修ちゃん、大好き……！

彼への想いが溢《あふ》れて、好きな気持ちでいっぱいになる。

同時に動きが速まって、クライマックスが近づいていることに気づいた。

「ミカ……いい？」

「あ……っ、あぁ、うん……！　いいよ」

修二が私の中で達してくれるのだと思うと、一気に緊張が走る。以前、知っていたはずなのに、初めて感じるような新鮮な気持ちだ。

男らしい体が私の体を激しく揺さぶり、中で暴れるみたいに動く。彼が昇り詰めた瞬間、深く奥まで挿《さ》し込《こ》まれた。そして素早く引き抜かれる。

「……は……っ」

食いしばるような声を漏《も》らして、修二は私の外で全てを吐き出した。

——避妊している上に、出すのも外で……？

せめて最後まで繋がったままでいたかったのに、そんなクセ、修二にあっただろうか？

そこまでの記憶は残っていなくて、何とも言えない気持ちになる。

いや、それもこれも私が初めてだったからかもしれない。だから気にしないでおこう。

「やっぱり血が出てるな。大丈夫？　気分は悪くない？」

「うん、大丈夫だよ」

気遣ってくれるのが嬉しくて、私は息が上がったままの修二にぎゅっと抱きつく。

彼がいなくなった場所に異物感が残っているけれど、痛くはないし気分も悪くない。むしろ初めて抱かれた喜びで満ち溢《あふ》れている。

「こら、まだ汚れてるから、つくよ」

「いいの。修ちゃんにだったら、汚されてもいい」

「もう……」

マイペースな私に呆《あき》れる修二に抱きついて、やっと大人の女性になったんだと実感した。

二十三年間、この日を待っていた。結婚もできたし、初体験も済ませたし、順風満帆《じゅんぷうまんぱん》だ。

これから新婚生活も始まるし、奥さんとして頑張らなきゃ。前にできなかったことをこれからしていこう。あの頃の続きを始めるんだ。

リスタートを切ったのだと喜ぶ私だった。

5

私たちが「正式な」夫婦になってから、二ヵ月が経過した。

二人の理想を詰め込んだ新居も完成して、新生活がスタートし、順風満帆《じゅんぷうまんぱん》な夫婦生活を送っている……はずなんだけど。

なぜか二度目の夜がやって来ない。

――どうして？

毎晩同じベッドで眠っているし、仲はいい。いってらっしゃいのキスやおやすみのキスは必ずしている。

ところが、それ以上には進んでいかない。

これは一体どういう事態なのかと、私は頭を悩ませている。

そんなある日。東常務が執行役員会議に出席している間、私は社員食堂で遅めのランチを取ることにした。栄養バランスばっちりのオリジナル定食を持って、窓際の席へ着く。

ピークの時間が過ぎているおかげで、食堂は随分《ずいぶん》空いている。一人で四人掛けのテーブルで食事をしていると、目の前にトレーが一つ置かれた。

「お疲れさま。ご一緒していい？」

「結城さん、お疲れさまです。どうぞ」

修二も東常務と同じ会議に出ているから、結城さんもこの時間にランチにしたのだろう。

いつ見てもキチンとした雰囲気の彼女は、紙ナプキンで口紅を取ってから「いただきます」と言って箸《はし》を持った。

「結城さん、カツ丼ですか。意外です」

「そうなの。私、結構ガッツリ系が好きでね。イメージじゃないって驚かれる」

結城さんはふふふ、と笑いながら、豪快に口を開けてトンカツを頬張る。見ていて気持ちがいい食べっぷりだ。

「東常務はどう？　慣れた？」

「……はい。結城さんに教えていただいたことが役立っています」

「そうでしょ？　オヤジギャグに過剰反応してあげると、大抵のことはうまくいくから」

「そうですね」

東常務のオヤジギャグは、笑えないほどくだらないけど、それを面白いと喜んであげるように言われていた。そうすることで、彼の機嫌はよくなり、物事が進めやすくなる、と。

私は結城さんのアドバイス通り実践しているのだが、そのおかげでスムーズに仕事が進んでいる。

「不破専務はどうですか？　お変わりないです？」

「……お？　旦那のことが気になる？」

「い、いえいえっ、そういうわけでは」

ミーティングルームの一件があったせいか、女性関係を心配していると思われたらしい。

そんな心配はしていな……くはないけれど、私以外の秘書といる時、修二はどんな感じなのだろうと気になったのだ。

「相変わらず不破専務はクールだわ。何でも淡々とこなしてらっしゃるし、私の出る幕がないくらいしっかりされてる。完璧ね」

「確かに」

東常務は忘れっぽいし、何でも秘書任せなところがあってゆるゆる。一方、修二の場合は、スケジュール一つとっても自分で把握しているし、一度聞いたことは忘れない。逆にこちらが抜けていると厳しく注意を受けることもあったくらいだ。

時間にも正確だし、一生懸命先回りしないとついていけないくらいきっちりしている人。

「東常務で体が慣れていたから、なまっていたわ。不破専務と仕事をするようになって、毎日気が張っているせいか、最近疲れが取れない」

「……恐縮です」

「あ、別にあなたを責めているわけじゃないのよ。だからこうして、ガッツリした食事で英気を養《やしな》っているの」

結城さんは、ぺろりと平らげた丼をテーブルに置くと、湯飲みに入った煎茶《せんちゃ》をごくごくと飲み干した。

「あ、でも不破さんが聞きたいのは、こういう話じゃないね。旦那さんが他の女性からちょっかいかけられていないかが気になるところだよね」

「え……っ、いや、そういうことはないんですけど……」

「そう？　でもさ、不破専務って既婚者になってもモテぶりは健在で、この前なんか他社の女性からお誘いの電話が来ていたわ。もちろんお繋ぎしなかったけれど」

「……そうなんですか」

「若く見えるし男前だもんね～。そりゃあモテるわ。逆に家ではどんな感じなのか気になる」

……家での修二は――

帰宅すると、すぐにお風呂に入って部屋着になる。

昔一緒に生活していた時は、パンツだけでうろうろしていたと記憶していたのに、今はそんなことはなくなりパジャマを着て寝るようになった。

食事をして軽くテレビを見たあと、寝室で本を少し読んで早めに就寝する。朝は私より早く起きて、近所の公園周辺をランニングしているらしい。

あの程よい筋肉のある引き締まった体を維持するために運動をしているのだ。食事にも気を遣っていて朝食もしっかり食べる。

二十三年も経てば、生活スタイルが変わるのだなと実感。昔のままの修二ではなくて驚いた。

一緒に住むようになって、やっとそのリズムに慣れてきたところだ。

「規則正しい生活を送ってらっしゃいます」

「イメージ通りだわ。家でももちろん、綺麗好きでしょ？」

「よくお分かりで」

「デスク周りの綺麗さから想像がつく」

やっぱりねーと感心している結城さんに、身を乗り出して質問を投げかける。

「あの……結城さんの旦那さんって、どんな人ですか？」

「え……？」

「どういうふうにスキンシップを……取っていますか？」

「スキンシップ!?」

藪《やぶ》から棒に何を聞くのか、と結城さんはお腹《なか》を抱えて笑い出した。

「あはは……っ。スキンシップね。うちは結婚してもう十五年だよ。そんな新婚さんの家みたいなスキンシップなんて取らないよ」

「そうなんですか……？」

私たちも離れていたとはいえ、最初の結婚から換算すると二十四年近く経つ。そのせいで、もしかしたらスキンシップがなくなっちゃったの？　離れている間に、そういうことをしたい欲がなくなった？

それ以前に、処女だった嫁には、あまり欲情しない？　痛がってあまりいい反応をしていなかったから、手を出したくない……とか。

もっと経験豊富な床上手な妻のほうがよかったのかな。

ああ、とため息を漏《も》らして頭を抱えていると、結城さんが話し出した。

「どうしたの。新婚なんだから、そんな心配しなくていいくらいラブラブなんじゃないの？」

「いや……何ていうか……しいて言うなら、新婚というより老夫婦みたいな穏やかな生活で……」

それはそれで幸せだけど、私の想像していた新婚生活とは違う。最初なんだから、もう少し甘さ増量でお願いしたいところ。

「不破専務らしい感じではあるわね。年齢が離れているから、甘えにくいのかな。でも心の中じゃ、イチャイチャしたいって思っているかもよ？」

「そうでしょうか……」

そう思っているなら、二度目が早く来てもいいはずなんだけどな。

あれから二ヵ月。このあとも何もないまま経過して、おじいちゃんとおばあちゃんになってしまうかもしれない。

「四十代の男性って、あまり性欲ないんですか？」

「もう……っ、笑わせないで。不破さん……ストレートすぎ」

「すみません」

こんなことを相談できる人は結城さんくらいしかいないのだ。他の女性社員に聞いたら、別れさせるチャンスだと思われるに違いない。

「真剣に悩んでいるのに笑ってごめん。大丈夫だよ、四十代でも性欲あるって。ここだけの話、うちの旦那もまだ現役だし」

「本当ですか？」

「うん。もうすぐ五十歳になるっていうのに、そういう欲求あるよ。常にスキンシップは取らないけど、夫婦生活は……まだある。ああ……お酒も入っていないのに、こういう話は恥ずかしいね」

笑いながらそう話してくれた結城さんに感謝する。

こういう込み入った話をするのは抵抗があるだろうし、不快な思いをさせたかもしれない。だけど打ち明けてもらえたおかげでちょっと自信が湧いた。

「ありがとうございます。最近ちょっと悩んでいたんで、元気が出ました」

「ほんと？　よかった。こうやって相談してくれるってことは、私を信頼してくれているってことだから嬉しいよ。こちらこそありがとう。秘密にするから安心して」

結城さんが先輩でよかった。

私たちはそのあともいろいろと話をして、会議が終わる時間に席を立った。いつも通りの秘書の顔に戻って、それぞれの場所へ向かう。

悩んでいたって仕方ない。今までも当たって砕けろ精神で、修二にぶつかってきたじゃない。それで夫婦になったんだから、遠慮することはなくなった。

少なくとも周りの女性よりは近い存在になったのだ。こっちから求めたって問題ないはず。

そう、私たちは夫婦なんだから！

今日は東常務が早く退社するということだったので、私は退勤時間ぴったりで帰ることにした。

修二はまだ仕事をしているみたいだし、その間に会社の近くにある百貨店の下着売り場へやってきた。

名だたる下着ブランドのショップが並ぶ中、華やかで色っぽいデザインの下着をつけたトルソーの前に立つ。

「これだ……」

修二からすれば私なんて子どもだろう。足りないのは色気かもしれない。こういうセクシーな下着をつけたら、興奮してくれるかも……

女性から誘惑、イコール、セクシー下着って王道だよね。

ありきたりだけど、これでいこう。

何枚か試着させてもらったのち、花柄レースが可愛い黒のベビードールとTバックを購入して家に帰った。

修二が帰ってくるまで、緊張しながら過ごす。この前みたいに夕飯を食べすぎないよう調整して、万全の状態で待つ。

すると、二十時を回った頃、修二は帰宅した。

——やっと帰ってきた！

私は喜んで玄関まで迎えにいく。

「おかえり！」

「ただいま。わざわざ玄関まで迎えにきてくれたの？　ありがとう」

修二から鞄を受け取り、ぎゅっと強く抱きつく。

「修ちゃん、会いたかったよ」

「大げさだな。今朝も一緒だっただろう」

「そうだけど……」

彼の言う通り、同じ家で暮らしているのだ。毎日顔は合わせている。

だけど、会社では離れ離れ。前までは修二の秘書として行動を共にしていたから、その時と比べると家で過ごす時間は短く感じる。

「明日は土曜日だし、ゆっくり一緒に過ごせるよ」

「うん」

「じゃあ、お風呂に入ってくる」

はーい、と見送り、急いでキッチンへ向かう。修二がお風呂から上がってきたらすぐに温かい食事を並べられるように準備を始めた。

お風呂の用意は完璧だし、食事もバッチリだ。我ながらいい感じに進んでいる。

お風呂から上がってきた修二にビールを出して、温玉に粉チーズをたっぷりかけたシーザーサラダを並べる。メイン料理は鶏肉のトマト煮込み。あと作り置きしていた一品料理を何品か並べてみた。

どの料理も美味《おい》しいと褒めてもらえて、ほっと胸を撫《な》でおろす。

そのあとの片付けは彼がしてくれるというので、それに甘え、私はお風呂に入って最終調整に力を注いだ。

ボディスクラブで肌をつるつるにして、隅々《すみずみ》まで洗う。お風呂から上がったあとは、ボディメンテナンスをしながらクリームを塗って、いい香りを体にまとわせた。

会社帰りに買った下着をつけ、その上にパジャマを着て気合を入れる。

——よし。

ドキドキと高鳴る胸を落ち着かせるため深呼吸をして、寝室へ向かった。

部屋の中に、ダウンライトをつけて本を読んでいる修二を見つける。

「何を読んでるの？」

「ああ、これ？　これは、俺の好きな作家の小説。本屋に立ち寄ったら新作が出ていたんで衝動買いしてしまったんだ」

「そうなんだ」

ベッドの中に入って、修二の隣にぴったりとくっつく。本を覗いてみると、ミステリー小説であることが分かった。

「そういえば会社でも、休憩時間とか、隙間時間によく読んでいたもんね」

「そうだな。若い時はあまり読まなかったんだけど、ここ最近は読書が趣味かもしれない」

仕事の移動中に本を読む修二は、とても知的で素敵に見える。そういう姿もどこか憂《うれ》いがあって彼の魅力を引き立てていた。

って、感心している場合ではない。

今から私は修二を誘惑して、二回目の夫婦生活を営《いとな》むつもりだ。

——今日こそ絶対に二回目をするんだから。

集中して読書している修二の横で体を強張《こわば》らせる。様子のおかしい私に気がついたようで、彼は本を閉じた。

「どうしたの？　何か変だよ」

「え？　そう……？　そんなことは、ないと思うんだけど……」

「そうかな？　怪しい」

信用してもらえず怪訝《けげん》な眼差《まなざ》しを向けられて、居たたまれなくなる。

「何を隠してるの？」

「隠しているっていうわけじゃ……ないんだけど」

「ないんだけど、何？」

今がチャンスだ。恥ずかしくてなかなか勇気が出ないなんて言ってないで、ここで頑張らなければ、この下着を買った意味がなくなる。

——頑張れ私。

「あの……あのね……」

ベッドの上で正座になり、修二のほうに体を向ける。そしてボタンを一つずつ外して、新しい下着を見せつけるようにパジャマを脱いだ。

「新しい下着を買ったんだけど……どうかな？」

「え……っ、あ……あぁ。よく似合ってるよ」

爆発しそうなくらい恥ずかしくて、顔を上げられなくなる。自分でこんな挑発的な格好をしておいて恥ずかしがるとは情けない。

だけどこのベビードール、大事なところを全然隠せておらず、胸が丸見えなのだ。Tバックだってお尻丸出しで隠せている場所も少ない。

こんな格好を見せるなんて、やっぱりよくなかったかな……と不安に思いつつも、自分を奮《ふる》い立《た》たせて顔を上げた。

「後ろとか……どう？」

髪を一纏《ひとまと》めに前に流して、大きく開いた背中を見せる。腰の辺りまで大きく開いたベビードールの下から透《す》けているのは、丸見えのお尻だろう。

「どうしてこれを買ったの？　全然実用的じゃなさそうだけど」

「え……っと。それは……」

まさかそこを指摘されるとは思っていなかった。どう答えたらいいのか分からず、返答に困ってしまう。

彼が言う通り、全く実用的じゃない。服の下に着る下着ではないし、どういう目的で買ったのか一目瞭然《いちもくりょうぜん》。

それを説明するように求められるなんて……

「ねぇ、ミカ。教えて」

——もしかして引いた？　はぁ、どうしよう……

彼はどんな顔をしているのだろう、と体を捻《ひね》って顔を向ける。すると修二は、意地悪な笑みを浮かべて私を見つめていた。

——その顔……っ⁉

冷ややかな目で私をじっと見つめる彼は、口角だけ吊り上げている。そんな顔をされるとゾクゾクして、それだけで体が熱くなった。

「修ちゃんを誘惑……しようと思って」

「誘惑？　どうして？」

「だ、って……全然エッチしてくれないから……」

なんて言葉を口にしたんだ——と、心の中では大騒《おおさわ》ぎしている。

——こんなことを言ったら嫌われない？　淫乱《いんらん》な女だと引かれない？

でもこのままスキンシップのない夫婦になってしまうのは嫌だ。せっかく修二とまた夫婦になれたのだから、甘い新婚生活を送りたい。

その一心でこうして行動に移したものの……嫌われたらどうしようかと不安が湧いてくる。

「もっと修ちゃんとエッチしたいよ。こういう刺激が少ないから、興奮してもらえないのかなって……」

「バカだな」

バカって言われてしまった……。けれど、肩を落とした私の腕をぐいっと引っ張り、修二が私を抱き締めた。

「こんな誘惑しなくても、ちゃんと欲情してるよ。ミカはとても魅力的だ」

「ほんと……？　じゃあ、なんでエッチしてくれないの？」

ストレートに質問すると、修二の目が泳いだのが分かる。少し躊躇《ためら》ったのち、彼は目線を逸《そ》らしながら話し出した。

「いい年してガツガツしているのは、よくないと思って控えていた」

「そうなの……？」

「厄介だよな、いろいろと」

ガツガツしないように、我慢してくれていたの？　そういうこと？　そんなの全然気にしなくていいのに！

けど修二は修二なりに、いろいろと考えてくれていたんだと伝わってくる。避けられていたんじゃないと知ることができてよかった。

「ミカはもっとそういうことをしたいんだ？」

「……え」

「どれくらいしたいの？　教えてくれる？」

どれくらいと言われましても……。できれば毎日でも。修二に求められるなら、いつでもどこでもいいくらい。

——って、それは盛りすぎ？

さすがにそうとは言えず困っていると、彼は腕の力を緩《ゆる》め私から体を離す。そして私を見つめながら頬を撫《な》でた。

「奥さんの要望に応えたいから、ちゃんと教えて」

穏やかで優しい声で囁《ささや》かれ、体の奥がぶわっと熱くなる。彼は背中を向けていた私の体に寄り添い、お尻を一撫《な》でした。

「ねぇ、奥さん」

「や……ダメ……。その、奥さんっての……照れる」

普通にそう呼ばれているだけなのに、なんだかいやらしく感じて、とてつもなく恥ずかしい。その触れるか触れないかのソフトタッチな撫《な》で方も。

「こんな格好で誘っておいて、何を照れてるの」

「そう……なんだけど。……あぁっ」

ぐいっと腕を引っ張られてベッドに押し倒される。まだまだ余裕のありそうな修二は、私を「逃がさない」とばかりに見下ろしてきた。

「若くて可愛い奥さんに誘惑されるのっていいね」

「あん……っ、待っ、て……。修ちゃ……んんっ」

首筋に吸いつかれて、ちゅっと甘い音が鳴る。そして舌で舐《な》められると、生暖かい感覚が私の体を震わせた。

「待たないよ。……欲しいんだろ？　俺が」

——欲しい。

修二にもう一度抱いてもらいたくて、毎日うずうずしていた。なかなか言い出せなくて、こんなふうに自分から迫るくらい焦《じ》らされ、とうとう爆発してしまったのだ。

それくらい欲しくてたまらなかった。

こうして修二がやる気を出してくれて嬉しい反面、彼から放たれる色気に圧倒されて私は焦《あせ》っている。

行動は大胆になれても、心の内は恥ずかしくてうまく話せない。このまま察してほしいと思うものの、きっとそれは許されないだろう。

彼の温かな舌がしっとりと汗ばむ肌の上をなぞっていく。鎖骨の上を過ぎ胸の近くに来たところで、もう一度聞かれた。

「……で、どうしてほしい？」

「どうって……」

「ミカはどういうのが好きなの？」

修二にされるのなら何でも好き。

まだ経験が浅いせいか、それ以上のこと——どんな行為が好きで、何をされれば感じるのかは分かっていない。前の経験は思い出せないくらい昔だし……

「実は……分からないの。まだ一度しか、そういうことしていないでしょ？」

「そうだったね。じゃあ、少しずつ試していこうか」

「あ……っ」

首下にあった彼の顔が胸の下のほうに向かい、ベビードールの上から肌をついばむようにキスで刺激してくる。

「あ、う……っ、あぁっ」

彼にそうされると、声が抑えられない。甘ったるい声が吐息と共に漏《も》れて、ビクビクと体が揺れる。

「これはどう？」

「あ……っ。ぁ……ん、ぁ」

ちゅううっと吸われ、その気持ちよさで体がぐっと反《そ》りあがる。美味《おい》しそうに舐《な》める修二にドキドキしながら、私は甘い声を漏《も》らした。

「気持ちいい？　ミカは、これが好き？」

「……んっ。好き……っ、あぁ」

もう片方の胸も彼の大きな手に包まれ、やわやわと揉《も》まれている。

ぬるぬるした舌先で何度も胸を転がされ、もう片方は指先で弄《いじ》られ続けた。両方の胸から快感が広がり、体の芯《しん》が熱くなっていく。

「だよな。反応が可愛い」

「や……っ、可愛くなんか、ない」

「可愛いよ。こんなに可愛く喘《あえ》ぐところを、俺しか知らないなんて、すごく贅沢《ぜいたく》な気分だ」

私の反応を見て、お気に召してくれたのならよかった。いろいろと攻められて恥ずかしいけど、修二が喜んでくれるなら本望だ。

「もっとしてあげる」

揺れる乳房を余すことなく愛撫《あいぶ》する修二の顔を見ていると、余計に感じる。

「ああ……っ、あっ、あぁ……」

こんなふうに熱く愛撫《あいぶ》してくれることが嬉しくて、どんどん気持ちが高まっていく。そのせいで下腹部は焦《こ》げるように熱くなり、もどかしい感覚に支配される。

悶々《もんもん》としていることが伝わったのか、修二の手が下半身に向かった。腰の辺りを通り過ぎて、太ももを撫《な》でたあと、下着にたどり着く。

「こんなに小さな下着だったら、何も隠せないよな？」

「あ……っ」

じっくりと眺《なが》められ、小さな布の上をじわじわと撫《な》でられる。彼は、そこがどういう構造になっているのか確かめているようだ。

「んん……っ、は、ぁ……」

布越しに大事な場所を撫《な》でられ、下着が濡《ぬ》れる気配がした。

修二に抱いてもらえるのだと分かった途端に興奮状態で濡《ぬ》らすなんて、いやらしい女だと思われるかも。

それを知られたくない一方で、もっとちゃんと触ってほしくて、腰の揺れを止められない。

悪戯《いたずら》な指先は小さなクロッチ部分をずらし、閉じた媚肉を撫《な》でる。修二の太い指先がその間に埋まり、中の蜜の存在を知らせた。

「あーあ。こんなに濡《ぬ》らして」

「や……ぁっ、はぁ……」

「すごくぬるぬる。可愛いな、ミカは」

指が動くたびに、淫猥《いんわい》な音が鳴る。そこがしとど濡《ぬ》れていて随分《ずいぶん》前からこうして蜜を垂らしていたことを、彼に知られてしまった。

「まだ痛いかな？　ゆっくり触るよ」

「……っ、あ」

修二の指が敏感な蕾《つぼみ》を撫《な》でていく。蜜をたっぷりつけたぬるついた指先が巧妙に動いて、私の体を刺激した。

全然痛くない。むしろ、それを待っていたとばかりに、涙を浮かべて感じる。

「あっ、あんっ……！　それ……ダメ……っ。声が止まらなくなっちゃう」

「いいよ。いっぱい声を聞かせて」

いい具合に撫《な》でられているうちに勝手に足が開いて、もっと触れてほしいとねだるように腰が揺れた。

中がすごく切なくなり、どうにかしてほしいと体中が騒《さわ》ぎ出《だ》す。でも、何をどうしてほしいのかうまく伝えられなくてもどかしい。

「修……ちゃん。あぁっ……。んん！」

「どうしたの？」

修二の体にしがみつく私は、このもどかしさの正体を掴めずに悶《もだ》えた。与えてもらう快感が大きくなっていけばいくほど、中がつらい状態になる。

「もしかして、挿《い》れてほしくなった？」

「え……？」

「中がつらいんだろう？」

「ああ……っ」

修二の指がゆっくりと埋まっていく。太くて男らしい指を全部受け入れると、中がきゅうっと締まって悦《よろこ》んだ。

これを待っていたのだと叫ぶように、受け入れた瞬間に軽く達してしまう。

「指を入れただけでイってしまった？　もう……。いけない子だ」

「だっ、て……」

「そんなところがすごく可愛いよ。痛くならないようにゆっくりと慣らしてあげる。たっぷりと」

そう言った修二は、膣壁をゆっくりと擦《こす》ってほぐし始める。優しい手つきで攻められ、それに慣れた頃に新しい刺激が加わった。

さすが年齢を重ねているだけある。勢いのみで攻めるのではなく、相手の様子を見ながらじっくりねっとりと愛してくれるのだ。

「も……っ、大丈夫……だから……っ、あぁ……っ」

「まだだよ。もっとほぐさないと」

「ああ……っ！　ダメ、それ……っ」

修二の顔が私の足の間に埋まる。躊躇《ためら》うことなくそこに顔を近づけて、敏感な場所を探《さぐ》るように舐《な》めた。

「……痛くなってない？　大丈夫？」

「だ……大丈夫っ……」

「ほら、ここなんて、硬くなってる。……どう、ここも大丈夫？」

「そこ……っ、あぁ……気持ち、イイ……っ」

指で擦《こす》られるのも気持ちよかったけれど、舐《な》められるのは格別だと知る。

硬くした舌先で何度も転がされると、そのたびに逃げ出したいくらいの快感が襲ってきた。

思わず腰を引いてしまったが、彼に逃がすつもりはないようで、がっちりと掴まれる。

いつも淡々としていて冷静沈着な修二だから、執着などなさそうなのに。そんな彼に、絶対離さないという固執《こしつ》めいた様子を見せられるのは、幸せだ。

独占欲を剥《む》き出しにして、私を求めてほしい――そう思うのは贅沢《ぜいたく》なのかな。

彼はくにくにと舌で蕾《つぼみ》を弄《いじ》りながら、中を指で掻き混ぜた。私は飛んでいきそうになるほどの愉《ゆ》悦《えつ》に襲われる。

さっきまで胸の中にあった、愛されたいとか、もっと求めてほしいとか、そういう欲が全部どうでもよくなってしまう。

「あぁ……っ、も……だめぇ……」

じゅぶ、じゅぷ、と耳を塞《ふさ》ぎたくなるほどの淫《みだ》らな音が聞こえ、泣きそうになる。

「こんな、音……はずかし……」

「いい音だよ。ずっと聞いていたいくらいだ」

「や……ぁっ、そんな、の……ダメ……っ、あぁ」

これ以上されたら、おかしくなる。まだ知らない場所へ連れていかれるみたいで怖い。

けど、そんな私の思いを察してか、修二は空いている手で空《くう》を彷徨《さまよ》っていた手を掴んだ。

「大丈夫、俺に全部預けて」

「は……ぁ、あぁぁっ、きちゃう……何か、あぁっ」

ぎゅっと握られる手の強さに安心すると、あとはもう昇るだけだ。

気持ちいい場所を的確に見つけた彼は、そこを重点的に愛撫《あいぶ》する。徹底的に追い詰められた私は快楽の中に飛び込んだ。

「……はぁ、はぁ……」

全力疾走したあとみたいに呼吸が荒くなり、心地いい疲労感に包まれる。彼のいなくなった場所は、余韻でひくひくと震えていた。

「……ミカ」

頭を撫《な》でられた私は、穏やかな目で見つめられていることに気づく。とろんとした瞳で見つめ返すと、そっと軽いキスをされた。

「挿《い》れるよ」

「……あっ」

だらんと力の抜けた足を持ち上げられ、溶けきった秘部へ屹立《きつりつ》を宛てがわれる。その熱の塊《かたまり》には、前回と同じように避妊具が装着されていた。

――ゴムしてるんだ。……いいんだけど、いいんだけどさ。

セックスをする時のマナーとして、避妊は必須だ。

それは分かっているものの、私たちは夫婦。避妊などする必要はないはずなのに。

薄い膜だと分かっていても、それをとても厚い壁に感じるのは私だけ？

一線を引かれている気がして寂しさが募《つの》る。

「……っ、もう少し、力を抜いて」

「う、うん……」

たくさんほぐしてもらったとはいえ、まだ二回目。彼のものを安易に受け入れられるほど柔軟にはなっていない。

ふうーっと大きく息を吐いて強張《こわば》っていた体の力を抜くと、「よくできました」と褒めてもらえた。

それからぐぐっと根元まで押し込まれ、お腹《なか》の奥が苦しくなる。それでも全部受け入れられた喜びを感じて、彼の体に手を回して抱きついた。

「修ちゃん……」

隙間がないくらいぎゅっと体を寄せ、修二のぬくもりを確かめる。

美嘉の時から何度かこうして抱き合ったことがあるはずなのに、毎回、初めて味わうみたいな幸福感を覚えるのだ。

温かくて滑《なめ》らかな肌を感じて、甘美な幸せにとろける。このひと時のために生きていると言っても過言じゃないくらい、自分の存在を実感できた。

「あまり無理はしないように。……大丈夫？」

「うん、大丈夫」

だからいっぱい愛してほしい。修二が満足するまで抱いてほしい。

――修ちゃんが気持ちいいと思ってくれたら、私は嬉しいの。

口には出さず、心の中で饒舌《じょうぜつ》に話しかける。好きだよ、と声を出さずに何度も囁《ささや》きながら修二のくちびるにキスをした。

自《みず》ら舌を絡めて、一生懸命、言葉にしていない気持ちをぶつける。

「……どうしたの？」

「え？」

「すごく積極的なキスだったから」

くすりと笑う修二が、私の頬にくちびるを寄せた。きっと私の気持ちを分かっていて意地悪な質問をしているに違いない。

こういう意地悪なところを憎らしく思うと同時に、そういうところもとても好きだと感じてしまう。悔しいほど彼に惚《ほ》れているのだ。

「動いて……ほしいなって。修ちゃんに……めちゃくちゃに、されたい……」

熱に浮かされた顔で彼をじっと見つめて、伝える。

「君は……一体俺をどうしたいの？」

少し困ったような笑みを浮かべた彼に、そんなことを聞かれてしまった。

——もしかして変なこと言っちゃった？

「そんなこと言われたら、自制がきかなくなるだろう。おじさんをからかうんじゃない」

「あぁ……っ！」

私の望み通り、修二はゆっくりと腰を動かし始めた。

情熱的なキスをしつつ、繋がった部分を揺さぶる。それはだんだん速くなり、ベッドの軋《きし》む音が部屋に響いた。

階段を駆け上がるみたいに昇り、どうしようもないほど乱れる。

私の中は修二のもので埋め尽くされていて、その圧迫感が嬉しい。彼一色に染まった私の体が幸せで満ちるのを感じた。

「はぁっ、あぁ……っ、修ちゃん、好き……！」

「ミカ……」

応えるように、甘く名前を呼ばれる。

情熱的にキスを交わして、上も下も修二でいっぱい。熱い舌を絡ませ合いながら、私たちは昇っていく。

修二の引き締まった腰に足を回して、もっと深く、より奥に、彼を導いた。

もう離したくない、この時間がずっと続けばいいのに。そう強く願いながら、昂《たか》ぶる体をぶつけ合う。

「も……ダメだ。ミカ、いい？」

「うん……っ、きて、修ちゃん……！」

少し体を起こした修二は、狙いを定めるように体勢を整え、私の足を開く。その場所をじっくりと見つめて、繋がった場所に手を伸ばした。

「……っ!?」

抽送しつつ蕾《つぼみ》を撫《な》で始める。

そんなことをされたら、すぐにイってしまう。

味わったことのない快楽を教え込まれて、私の体はさらなる高みに昇り詰めた。

「も……ダメっ、イッちゃう……！　修ちゃん……」

「一緒にいこう。ミカ……」

腰をぐっと掴まれる。最奥に挿《さ》し込《こ》まれ、ぐりぐりと子宮口にキスをされた。足を大きく開かされているから、きっと繋がっている場所まで丸見えだ。

気合を入れて着たベビードールも乱れている。膝《ひざ》を押し上げられて少し強めに腰をぶつけられると、全身に快感が走った。

中をぐちゃぐちゃに掻《か》き回されているうちに、私の意識はどこかへ飛んでいく。

夢うつつで何度目かの絶頂を迎えていると、修二が歯を食いしばるような声を漏《も》らしたあと、最後の一突きをして引き抜いた。

「はぁ……っ」

――また、イク時に抜かれてしまった。

大好きな人に抱かれて幸せなはずなのに、寂しさが募《つの》る。

欲張りだと分かっているけれど、最後の最後まで私の中にいてほしかった。

落ち込みそうになった瞬間、抱き締められる。

「好きだよ、ミカ」

今、好きって言ってくれた？

驚いた表情で彼の顔を見ると、にこっと微笑《ほほえ》んで軽くくちびるを合わせてくる。

――今の言葉、本当？　信じていいの？

大きく息を吐いている修二は、私の頭を撫《な》でてそのまま抱き寄せたのだった。

6

——中川、頼むよ。美嘉を呼び出してくれ。

鳳凰学院大学のウィンドサーフィンサークル恒例の夏合宿の二日目。俺は友人の中川に頼んで高橋美嘉を呼び出してもらった。

俺たちが合宿に来ているのは、湘南《しょうなん》にある逗子《ずし》海岸。美しい海が広がるここは、ウィンドサーフィンスポットだ。

もっとも、サークルの名前であるウィンドサーフィンは名目だけのもので、実際の活動は飲み会がほとんど。講義の空き時間などに部室で集まってしゃべることしかしないが、先輩も後輩もいい奴ばかりで楽しい。女子も可愛い子が多くて、なかなかイケてるメンバーだと思う。

その中で気になっていたのが、同学年の高橋美嘉だった。専攻している学科は違ったけれど、このサークルで顔を合わせるようになっていたのだ。

彼女はモデルのように背が高くてスタイルがいい。当時は厚底ブーツが流行《はや》っていて、彼女がそれを履くと、俺と視線が同じくらいになった。

金髪のロングヘアは一見怖そうに見えるものの、話してみると気さくで明るい。どんな話題の時もノリがよくて、一緒にバカ騒《さわ》ぎしてくれた。

そんな美嘉と一緒にいるのが楽しくて、俺は中川と美嘉、あと女子一人を誘って、よく一緒に出かけている。

カラオケに行ったり、クラブに行ったり……。バイト代を稼いではいろんなところに出かけて、朝まで遊んだ。

そんな彼女を意識し始めて三ヵ月。大学一年生の夏に俺は告白しようと決意する。

折よく行われたサークルの合宿で、宿泊するホテルの近くにあるビーチに彼女を呼び出してもらい、作戦を決行するつもりだった。

先にビーチに到着していた俺は、緊張のせいでそわそわと落ち着かない。

今日はスカッと晴れていて遠くに富士山が見える。こんな気持ちのいい景色の前での告白だ、成功率はアップするに決まっているだろう。そう自分に言い聞かせて深呼吸した。

最初は、美嘉のことを全く意識していなかった。というか、どちらかと言うと、それほど好みのタイプの女性ではなく、向こうだって俺のことなんて男として見ていなかったと思う。現に出会って間もない時は、恋愛相談を受けていたくらいだ。

けれど真剣に恋愛の悩みを聞くうちに、「そんな男やめて、俺にすればいいのに」と思うようになった。そして、美嘉の恋も片想いで終わり……。それからしばらくは様子を見ていたが、その後彼女は恋をしていないようだった。

今がチャンスだ。彼女が他の男を好きになれば、相手にされなくなる。

美嘉は一途で、好きになったら一直線タイプ。見た目は派手だしクールな印象を受けるけど、実は情熱的で女の子らしいところがある。

そんなギャップにやられて、俺はまんまと心を奪われたわけだ。

とにかく、今日こそ決める。美嘉を彼女にしたい。

本当なら夜とか、雰囲気のいい時間に告白すべきだと思うものの、今日の夜は皆でバーベキューをする予定になっていて抜け出せそうになく、明日の朝には帰るから、ウィンドサーフィンあとのランチタイムである今しかチャンスがなかった。

「お待たせ〜。どうしたの？」

何も知らずにやってきた美嘉は、いつも通りの軽いノリで挨拶をしてくる。

スレンダーな体に黒のビキニがよく似合っていて、俺はどこに視線を向ければいいか分からず、思いっきり目を逸《そ》らしてしまった。

「あの……あのさ」

ああ、緊張して声がうまく出ない。ちゃんとした告白なんて今まで一度もしたことがないから、どうすればいいのか知らないんだ。

ぐるぐると頭の中でシュミレーションしていたはずなのに、美嘉が来た直後にすっ飛んでしまった。

「何？　なんかめっちゃ挙動不審でウケるんだけど」

「るせー。真面目な話があるんだよ」

「何よ、早く言いなよー」

俺の緊張している姿が面白いみたいで、ニヤニヤと笑みを浮かべてこっちを見てくる彼女。どうも居心地が悪い。

一世一代の告白なんだから、緊張したって仕方ないだろう。

俺は開き直って心を決めた。

「――俺、美嘉のことが好きだ。付き合ってほしい」

回りくどい言い方はせず、ストレートに伝える。男らしく直球勝負だ。

「ええっ、嘘《うそ》……マジで言ってるの？　ええ……どうしよう」

俺の言葉に狼狽《うろた》えて、口を押さえてしゃがみ込む美嘉は、「信じられない」と目を泳がせている。

一体どうしたのかと傍《そば》に寄ると、目に涙を浮かべて俺を見上げた。

「本気で言ってる？」

「ああ、本気だ。……何、本気じゃないほうがよかったってやつ？」

「違う、そうじゃないんだけど……」

じゃあ、何だよ、と俺も弱気になってくる。

もしかして友情が壊れたと悲しませてしまった？

俺だってそれは悩んだけど、このままずっと美嘉を友達として見るのは自分には無理だ。好きな気持ちを隠して友達でいるなんてできない。

他の男に取られることを考えたくない。美嘉を俺だけのものにしたい。

けど、この反応……

無理だったかな、と落ち込みそうになった時、美嘉が話し始めた。

「私も……修ちゃんが好きだよ。でも恋愛相談とか聞いてもらっていたから、今さら言い出せなくて……。まさか修ちゃんが私を好きになってくれるなんて、思ってもみなかったから嬉しくて泣けてきた」

そんなしおらしくて可愛いことを言う美嘉に、俺は心臓を撃ち抜かれた。

可愛すぎるだろ!!

「じゃあ……俺の彼女になってくれる?」

「うん、なりたい!」

泣きながら笑う彼女の顔が可愛くて、俺は無意識にぎゅっと抱き締めていた。

――好きだ、美嘉。絶対に離さない。世界一幸せにする。

太陽がギラギラと照り付ける晴天の下、俺たちは汗ばむ体を気にせずに抱き締め合い、そのまま初めてのキスをした。


「……修ちゃん、修ちゃん」

頭上から声が降ってきて、俺はゆっくりと目を開く。まだ覚醒《かくせい》していない視界の中、ぼんやりと女性の姿が目に入った。

髪の長いその女性は、愛情溢《あふ》れる眼差《まなざ》しで俺を見つめている。優しく俺の名前を呼び、小さな手で肩を揺らしてきた。

「おはよう、朝だよ。朝ご飯作ったから、一緒に食べよう?」

「ミカ……おはよう」

夢だったのか——。とボンヤリしながら思い返す。

そうだよな、美嘉も中川たちも随分《ずいぶん》若かった。俺だって今より若かったし、あれは十八歳くらいだったか。

美嘉に告白した時のことを鮮明に思い出し、気恥ずかしくなる。

周りが見えなくなるほど彼女のことが好きでたまらなかった。その好きな人が俺の恋人になったという感動は、今でもはっきりと思い出せるくらい大きなものだ。

いつまで経とうとその気持ちを忘れられない大恋愛だった。振り返れば子どもの恋愛だと思わなくもないが、あの頃はあの頃なりに精いっぱい美嘉を愛していたんだ。

幸せの絶頂の中、急にいなくなってしまった妻。

美嘉が亡くなった頃のことは、正直思い出したくない。なぜ俺だけ生きているのか。どうして美嘉が事故に遭わなければならなかったのか。そればかりを考えて、つらかった。

俺を迎えにこなかったら、こんなことにならなかったのに——

あの日、あの時、あの場所に居合わせなければ、美嘉が死んでしまうことはなかった。

もう戻らない愛する人を想って、俺は正気を保てないくらいに落ち込んだ。

それでも二十年以上経って、やっと思い出にできた。時間が心を癒《いや》してくれたのだ。

このままあと何十年か経てば、美嘉のところに行ける。そう思って、毎日過ごしていたところに、未華子が現れたのだ。

「修ちゃん、どうしたの？　もしかして、疲れてる？　もっと寝ていたい？」

ベッドからなかなか抜け出さない旦那を気にして、未華子は心配そうに俺を覗き込む。昨夜二度目の夫婦生活を送ったせいで疲れているのではないか、と気を遣ってくれているみたいだ。

「疲れてないよ。ちょっとボーッとしていただけ。もう起きる」

「じゃあ、向こうの部屋で待っているね」

「ああ」

未華子が美嘉。

信じているはずなのに、未だに信じられなくて、何度もそのことを考える。

けれどもう、余計なことを考えるのはよそう。目の前にいる未華子を想い、この穏やかな生活を大事にしなければ。

少し気怠《けだる》い体を起こして、俺はベッドから抜け寝室を出る。可愛い新妻の作ってくれた朝食を楽しみに歩き出した。


――月曜日。

いつも通りの週明け。社長から投げられていた案件の資料に目を通し、午後の会議に向けて準備をしていると、秘書の結城さんが忙《せわ》しない足取りで俺のもとへやってきた。

「お忙しいところ、失礼いたします。不破専務、少しお伺いしたいことがありまして」

「何ですか？」

「あの――村上麻沙美《むらかみあさみ》さんという女性をご存じですか？　不破専務宛てにお電話が何度かかかってきているのですが、会社名を名乗られないのでお繋ぎしておりません。ただ、数日にわたってのことなので、もしかしてプライベートでのお知り合いかと思いまして……」

取引先の人であれば社名を名乗る。そもそも秘書は業務に関わりのある人物の名前を把握している。心当たりのある人物なら電話を繋ぐだろう。

名前しか名乗らないなら、セールスか何かと怪しまれて当然だ。

「迷惑電話のリストなどと照合もいたしましたが、そちらには該当しませんでした。不破専務の古いお友達でしょうか」

「いや、村上さんという女性に心当たりはない。そもそも友人ならプライベートの電話番号を知っているはずだ」

「そうですよね」

引き続き身に覚えのない相手からの電話は繋がなくても問題ない、と伝えると、結城さんは「承知いたしました」と承諾して席を離れた。

村上麻沙美……？

もう一度思い返しても、記憶の中の人物たちと合致しない。

結婚で苗字が変わってその名前になっているのかもしれないが、それでも全くピンとこず、やはりセールスか何かの類《たぐい》だと思う。

特に気にも留めず、俺は目の前の仕事に戻った。

そして午後からの会議を終え、一息つこうとビルの一階にあるコンビニへ向かう。

結城さんから「私が何か買って参りましょうか」と声をかけられたものの、気分転換に外へ行きたい気分だったため、断って自分で出向いた。

少し疲れているから糖分が欲しいなと考えていたところ、背後から女性の声で名前を呼ばれる。

「あの、不破修二さんですよね」

「え……？」

フルネームで呼ばれたことに驚き振り返ると、そこにはすらっと背の高い女性が俺を見つめて立っていた。

その女性を見て、俺は息を呑む。

胸の鼓動が速くなり、冷たい汗がたらりと背中を流れていった。手先が冷たくなっているのにいやに汗ばむ。信じられない光景を目の当《ま》たり《あ》にして、言葉を失い動けずにいた。

「私、村上麻沙美といいます。何度か会社にお電話してしまったんですが――」

「は、はい……」

目の前にいる女性は、生きていた頃の美嘉にそっくりで、本人かと思うくらいだ。

今風にダークブラウンに染めてはいるが、センター分けにした長いストレートの髪。細めの眉に、涼しげな瞳。何よりも背が高くてスレンダーなところがよく似ている。

年齢は未華子と同じくらいだろうか。

このコンビニの制服を着ているので、ここで働いていると察せられる。

「私……美嘉です。修二さんに会いにきました」

容姿もさることながら、そんなことを言い出すので眩暈《めまい》が起きそうだ。

――美嘉？　美嘉だって？　そんな、まさか。

美嘉の生まれ変わりだという未華子がいるんだ。まさかもう一人美嘉だと言い出す人物が現れるなんてあり得ない。

「いやいや……。何をおっしゃっているのか、僕には分かりません」

「あなたの妻だった高橋美嘉です。覚えていませんか？」

「覚えていないことは、ないけれど……」

「あなたに会うために、生まれ変わってきたんです」

――おいおい、嘘《うそ》だろう。未華子と同じようなことを言うじゃないか。

この世に美嘉がいなくなってから随分《ずいぶん》経つ。今頃、どうして二人目の美嘉の生まれ変わりが現れたというのか。

もしかしてこれは新手の詐欺《さぎ》か？

死んだあなたの妻の生き返りです――。そう言って色恋をしかけ、大金や財産を狙う犯罪が流行《はや》っているのではないかと怪しむ。

しかし未華子の様子はそんなふうに思えないし、彼女の記憶が美嘉のものであることは間違いない。俺たちしか知りえないことをいくつも知っているから、嘘《うそ》ではないと思うのだが。

だが、こうも何人も元妻の生まれ変わりだと言う人物が現われると、疑う気持ちが出てくる。

混乱する頭を冷やすため、俺は息を整えた。大人げなく取り乱すのはよくない、と小さく息を吸って、騒《さわ》ぐ胸を落ち着かせる。

「すみません、その手の話は信じない主義でして……。突然、突拍子もないことを言われても、対応に困ってしまいます」

「そう……ですよね。いきなりすみません。でも私……修二さんともう一度夫婦になりたいんです。話を聞いていただけませんか？」

さて、どうしたものか。

目の前にいる美嘉にそっくりな女性に動揺しているのは確かだ。見た目だけで言えば、この女性は未華子よりも美嘉らしさが強い。

「怪しい者であることは重々承知しています。でも少しだけ……私にお時間をください、お願いします！」

村上麻沙美と名乗る女性は、深々と頭を下げて必死にくらいついてくる。

このまま突っぱねるのではなく、何がどうなって美嘉の生まれ変わりだと言うのか、ちゃんと話を聞いてみるべきだと俺は考えた。

「分かりました。では、今度改めてお話を聞く機会を設《もう》けます。それでいいですか？」

「はい、ありがとうございます！」

ぱあっと花が咲いたみたいに笑った顔まで美嘉にそっくりで、俺は思わず彼女に見惚《みと》れてしまった。

世の中には似ている人間が三人いるというが、その一人が彼女なんじゃないか。それほどよく似ている。

それにしても、あまりじっと見つめてはいけないと、俺はすぐに視線を逸《そ》らしてコンビニをあとにした。

――あ、何も買わずに出てきてしまった――

あとで結城さんにお願いしなければ。そうため息を零《こぼ》して、会社のエントランスを歩くのだった。

私が修二を誘惑したあの夜以来、実は定期的に夫婦生活をしてもらえるようになった。平日にすることはないけれど、週末になると修二のほうから誘ってくれる。

紆余曲折《うよきょくせつ》はあったものの、こうしてちゃんと求められているっていうのは、奥さんとして受け入れられているってことだよね。嬉しい。

東常務の面白くないオヤジギャグも気にならないくらい、幸せいっぱいだ。

「不破さん、ちょっといい？」

「はい」

秘書課でデスクワークをしている時、結城さんに声をかけられた。何事だろうと顔を上げると、ちょいちょいと手招きされる。

どうしたんだろう？　トラブルが発生したのかな？

こんなふうに呼び出されるのは珍しいため、何かあったのかと心配になる。

結城さんはデスクの前から離れ、秘書課の部屋を出た。私もスマホと手帳を持って、彼女のあとを追う。

すると彼女は、ミーティングルームに入るなり、「はぁっ」と大きなため息をついた。

「お疲れさまです……。どうされました？」

「あー、不破さん。言うべきか言わないでいるべきかすごく悩んでいたんだけど、あなたには知っておいてもらったほうがいいと思うことがあるから言うね。これは同僚としてではなく、友人からの話だと思って聞いて」

「……はい。何でしょう？」

「実は最近、不破専務に不審な電話がかかってきていたのよ。相手は女性。──そうね、声の感じからして若いわ。きっと不破さんと同じくらいかな。不破専務本人に回数は伝えていないけれど、かなり頻繁《ひんぱん》にかかってきてた」

結城さんの話によると、相手は名前を名乗るものの、会社名を言わない。プライベートな用件で修二に電話をかけてきている、もしくは勧誘やセールスなのではないかということだ。

当然、怪しく思って繋がないでいるうちに、かかってこなくなる。ところが、事態が収束したのだと結城さんが安心したところで、別の問題が発生。

「その電話をかけてきていた相手の名前が、このビルの一階にあるコンビニの店員と一緒だって分かったのよ。あ、それは私が名札を見たから分かったのね。で、それだけならいいんだけど、どうやら不破専務とその人、会っているみたいで──」

「会っている……んですか？」

「そうなの。この前、仕事終わりに地下鉄に乗ろうと地下通路を歩いている時、少し離れた場所にあるカフェで専務が女性と一緒にいるところを見たの」

確かに最近、修二の帰りの遅い日があった。とはいえ、日付をまたぐほどの遅さではない。てっきり残業していたのだと思っていたのに……

「その女性は……どんな人ですか？」

「うーん、そうだな。名前は村上麻沙美さん。背がすらっと高くて、可愛いというよりは美人系。モデルのようにスレンダーでスタイルがいいから、パッと目を惹《ひ》く感じ」

頭の中に、美嘉時代の私が浮かぶ。モデルみたいにスタイルがいいかどうかは別として、今の私よりは昔の私に近いタイプだ。

それはともかく、修二が私以外の女性と二人きりで会ってるですって？　しかも仕事関係じゃない人と？

仕事上の付き合いなら、女性と二人きりで食事をしても構わないとは思うけれど、そうじゃない相手。しかもしつこく会社に電話をかけてくるような人物だ。

ただ、そもそもプライベートな知り合いなら、会社に電話をかけてこなくてもいいはず。直接修二の携帯に電話をすればいいのに、会社に電話をしていたのはなぜ？

そんな相手と親密になっているって、一体どういうこと……？

嫌な予感が胸の中を渦巻《うずま》くものの、修二に限って浮気するはずはない。

それでも——

「ガードの堅さで有名な不破専務と二人きりで出かけられるなんて、あの女性、只者《ただもの》ではないと思う。不破さん、何か心当たりない？」

「ないです……。そんなふうに女性と親しくしているなんて初耳です」

「だよね。内緒にしておくべきなんだろうけど、妻のあなたには黙っていられなかった。秘書失格ね」

こういうところが私の悪いところなんだよなー、とこめかみを押さえる結城さんは、項垂《うなだ》れるように椅子に座った。

「あなたたちの家庭を引っ掻《か》き回すつもりはないの。喧嘩をしてほしいわけでもないし。ただ、何かトラブルに巻き込まれているのなら、解決しないといけなくなるだろうし、早めに耳に入れておいたほうがいいと思って――」

余計なお世話を焼いていることは分かっているけれど、と一言添えて、結城さんは表情を曇らせる。

こんなふうに打ち明けるのも、悩みぬいた上でしてくれたことだろう。

私たち秘書は、ある程度の情報を共有しても、付いている上司のプライベートな情報は漏《も》らさない。クラブのママに夢中になっている人や、ギャンブルが好きな人もいるが、それを他言することはないのだ。ましてや家族に告げ口など絶対にしない。

それは秘書としての暗黙のルールだが、それを破ってまで教えてくれた結城さんは、私を本当に心配してくれているのだと感じる。

「不破専務があなたに話していないのは、心配かけないように配慮されているのかもしれないわ。でも、夫婦間で隠し事をするのはよくないと思うんだよね。何でも話し合って、二人で解決していくのがベストじゃないかしら」

「そうですね。私もそう思います」

「不破専務に限って、浮気や不倫などはなさそうだし、何か深い理由があるのかもしれない」

結城さんは、修二の身に何か問題が起きているのではないかと危惧《きぐ》している。女性関係でトラブルを起こす人ではないため、なお危険だと察知しているのだろう。

「ご心配おかけしてすみません。結城さんの名は出さずに、彼と話し合ってみます」

「うん、いい方向に行くことを願ってる」

「ありがとうございます」

ミーティングルームを出て、私たちはそれぞれの業務に戻る。

結城さんから聞いた話がとても気になっているものの、残っていた仕事が一段落するまでは考えないようにして、いつもより早く仕事を終わらせた。

東常務が娘さんの誕生日だから今日は残業しないとおっしゃったので、お帰りになったことを確認して私も退勤する。

――さて。まずは、その女性を見てみようかな。

バッグをぎゅっと握り締めて、オフィスビルの一階にあるコンビニへ向かった。

たまに飲み物やちょっとしたお菓子を買いに来るくらいで、普段はそこをあまり利用していない。

少し緊張しつつ自動ドアをくぐって、中へ入った。

商品を見ているふりをしながら奥に進み、レジにいる店員さんに目を向ける。一人は中年男性で、もう一人は二十代の女性だった。

——もしかして、あの人……？

隣のレジにいる中年男性よりも背が高く、すらりとした印象の女性。下を向いていて顔がよく見えないが、遠目にも目を惹《ひ》く存在だ。

手足が長く、スレンダーなスタイルをしている。かつての私に似た体型だと、懐かしい気持ちになった。

ふいにその女性が会計作業を終え、顔を上げる。その瞬間、私は瞬《まばた》きを忘れるくらいじっと彼女の姿に見入った。

——この人……わ、私？

そう疑いたくなるほど、目の前の女性は高橋美嘉にそっくりだ。

ドッペルゲンガーかと思うほど、美嘉に生き写しである。髪の色やメイクは今風であるため少し違うものの、美嘉がこの時代に生きていたらこんな女性になるだろうと思える程度には似ていた。

激しい動悸《どうき》がして、息がうまくできない。

——修ちゃんが会っていたのは、美嘉に似ているこの人。

名札を確認する前に、それが分かる。

それって……それって……。美嘉に似ているこの女性に惹《ひ》かれたから？

二人きりで会っていたのは、この人とデートをするため？

こんな近くに美嘉に似ている人がいたなんて——

もしかして修二から声をかけた？　美嘉にそっくりだったから、この人のことが気になってしまった？

いくら私が生まれ変わりだと言ったところで、見た目は美嘉じゃない。よかれと思ってこの容姿にしてもらったのに、見た目が違うせいで気に入ってもらえていないのかもしれなかった。

ああ、ダメだ。こんな弱気なことを考えるのはよそう。私は私だ。目の前の女性は美嘉にそっくりだけど、美嘉じゃない。

「あの……？」

「あ、すみません。これをお願いします」

レジの前で商品を手放さずに突っ立っている私を、その女性は不思議そうに見る。そんな仕草まで美嘉そのもの。

「じゃあ、こちらお預かりしますね」

「はい」

ミネラルウォーターとミントのタブレットの会計をしてもらって、私は彼女からレジ袋を受け取った。

「ありがとうございました」

にこっと微笑《ほほえ》みかけられて、ぐっと息が詰まる。

ふらふらとした足取りでコンビニを出て駅へ向かった。その間、ずっと村上麻沙美さんのことを考える。

村上さんと修二はどういう関係？　二人で会って、カフェでお茶をするだけの関係？　既婚者の修二とお茶友達って変だよね。

修二は男女の友情は成立しないと思うので女性と深く付き合わないと言っていた。ということは、友達ではないってことだ。

そうなると、ますます関係性が見えなくなる。

いや、あれこれ一人で考えても答えなんて出ない。ここは本人に聞いて早期解決しよう。ウジウジ考えるのは、私らしくない。

いつも通りに電車を降りて駅前のスーパーで買い物を済ませる。今日の特売品をいくつか取り、それをもとにメニューを考えた。

きっとお腹《なか》が空いているから悪い方向に考えてしまうんだ。美味《おい》しいご飯を食べて、ちょっとだけお酒を飲めば、こんな不安は吹き飛ばせるはず。

疲れた修二にも美味《おい》しいものを食べさせてあげたいし、今日は気合を入れてご飯を作ろう。

私たちの新居は、二階建ての一軒家。大きな庭があって、そこにいくつかプランターを置き家庭菜園をしていた。まだ始めたばかりで全然育っていないけれど、これがうまくいけば料理に使おうと計画している。

二階には三部屋ほど部屋があり、一つは二人の寝室で、もう一つが修二のプライベートルーム。残りの一つは好きに使っていいと言われているものの、特に考えつかなかったため修二の住んでいたマンションから持ってきた美嘉の思い出のものが飾ってあった。

私はベランダに干していた洗濯物を片付け、もう一度一階に戻る。それからキッチンに向かって今日のメニューの何を一番に作ろうかと考えた。

献立はコブサラダと鮭ときのこのホワイトシチュー、それから牛肉のたたき。主食は焼きたてのバゲットを買ってきたので、それを切って出す。

二人で食べるには少々多いかもしれないけど、修二の好きな赤ワインも買ってきたから、きっと喜んでくれるだろう。残ったら明日に回せばいいし。

結婚後、それなりに料理をするようになった私は、こうして嫌なことがあった時、料理に没頭することが多くなっている。レシピを見ながらでも料理に集中していると頭の中がすっきりするし、そのあと美味《おい》しいご飯が食べられると思うと気分が上がるのだ。

「ただいま」

玄関から声が聞こえて、私は慌てて火を止め玄関に走る。

「おかえりなさい！」

「ただいま。そのエプロン可愛いね。新しいの買ったんだ？」

「そうなの。一枚じゃ足りなくて、二枚目買っちゃった」

裾がふわっとスカート状になっている、ピンクのエプロン。前から見るとワンピースを着ているみたいでお気に入り。

「ご飯できるから、先にお風呂に入ってきて」

「ありがとう」

自室に鞄を置いてスーツを直したあと、修二はバスルームへ向かった。彼がお風呂に入っている間に、料理を仕上げる。

――修ちゃん、いつも通りだった。何もおかしいところはないし、隠し事をしているようなよそよそしさもない。

男の人って嘘《うそ》が下手で顔に出やすいっていうし、何かやましいことがあるならぎこちない態度になりそうだけど……

村上さんとは理由があって会っていたんだ、きっと。

うんうん、と一人で頷《うなず》きつつ、お皿に料理を盛り付けて、テーブルへ運ぶ。

エプロンを新調した時に一緒に買った、テーブルランナーを敷いて、その上に今日のメニューを全部並べた。

「修ちゃん」

「わぁ、美味《おい》しそうだ。今日は気合が入っているな。何かいいことでもあった？」

後ろから声をかけられた私は、パッと振り返る。すぐ近くにまだ少し濡《ぬ》れたままの髪をタオルで拭《ふ》く修二が部屋着姿で立っていた。

「ううん、そういうわけじゃないんだけど。美味《おい》しいものを食べて、お疲れの旦那さまを癒《いや》したいなって」

「そうなんだ。ありがとう。早く食べたいな」

「うん、食べよう」

髪を拭《ふ》き終わった修二はテーブルにつき、目の前の料理を嬉しそうに眺《なが》めている。テーブルに置いていたワイングラスに赤ワインを注《そそ》ぎ、私も席に座った。

「さ、食べよう」

「いただきます」

ワイングラスをかざして、くいっと一口飲む。それから木製のサラダボウルに入っているコブサラダを小皿に取り分けて彼に差し出した。

「はい、どうぞ。これはコブサラダだよ。このドレッシングをかけて食べて」

「ドレッシングも作ったの？」

「うん、そうなの。結構簡単に作れるよ。最近手作りドレッシングにはまっていてね、市販のものを買わなくなったんだ」

へぇ～と感心しながら、修二はドレッシングのかかったアボカドを口に運ぶ。

「わ、うまい。ミカ、料理の腕上がった？」

「本当？　人気のレシピブロガーさんのレシピをメモしててね、それで作ったの。その人のブログ、本当に面白くて料理も簡単で美味《おい》しいものばかり載ってるんだ」

私は結婚するまで実家暮らしで、家事はほぼお母さんにお任せしていた。

総務課から秘書課に異動できるように資格試験やら英会話やらの勉強に時間を費《つい》やしていたせいもあり、家事にまで手が回っていなかったのだ。

けれど結婚後は、修二に喜んでもらえるように家事にも力を入れ始めた。美嘉時代に少しはやっていたことなので、始めてみると割と苦じゃなく楽しいと思えている。案外、性《しょう》に合っているのかも。

「昔はさ、料理めちゃくちゃヘタだったよね。いつだったかなー。あ、付き合って初めてのバレンタインデーの時だ！　修ちゃんにチョコレートクッキーを作ってあげるって言ってさ、バターの分量間違えて、オーブンの中で全部溶けちゃったよね」

「それだけならまだしも、俺の誕生日の時は、ケーキを作るって意気込んで生クリームを自動の泡立て器で混ぜたら、部屋中に飛び散ったよな」

「そうそう〜っ」

修二の誕生日では、部屋中に生クリームが飛び散って、クッションやソファ、壁の高いところまで生クリームがつき、二人でお腹《なか》を抱えて笑ったっけ。

そうやってお菓子作りは、ちゃんと計量して作らないといけないと学んだのだった。

「あれはあれで、楽しかったよねー」

「ああ、そうだな。ホールケーキを丸ごと食べて、しばらくケーキいらないなと思ったのも、いい思い出だよ」

「しかも全然美味《おい》しくないっていうね」

「そうそう」

当時のことを思い出して、私たちはまた笑い出す。

再会して二年、私が美嘉であることを伝えて三ヵ月くらい。夫婦になったのは、二ヵ月ほど前。

それなのにこうやって昔のことを思い出して笑い合えるのは、過去に一緒にいた時間があったからこそだ。

まだまだ付き合いは浅いけれど、私たちの絆《きずな》は誰よりも深いよね？

だから隠し事はしたくないし、疑う気持ちを持ったまま修二に接したくない。

結城さんに聞いたことを気にしていないって言ったら嘘《うそ》になる。美嘉に似ている女性と二人で会っていることに変な意味はないと信じているのに、心のどこかでは心配しているのだ。

聞いたらちゃんと答えてくれる。信じているから、素直に打ち明けよう。

思い出話が一旦落ち着いたところで、私は口を開いた。

「ねぇ、修ちゃん」

「ん？」

「うちの会社のビルの一階にあるコンビニに、最近行った？　そこにね、昔の私にそっくりな女の人が働いているの。すっごく似てるから驚いちゃった」

私が目撃したわけでもないのに、「女の人と二人でカフェにいたよね？」と核心的なことは聞けず、まずはそれとなく聞いてみる。

シチューを食べている修二は、表情一つ変えずに私の話を聞いていた。

「へぇ、そうなんだ。そんなに似ているのなら、見てみたいな」

ドクン、と胸が高鳴り、体温が瞬時に下がっていくのが分かる。

どうして嘘《うそ》をつくの？　修二は村上麻沙美さんのことを知っているはずだよね？

膝《ひざ》の上に置いている手は寒くないのに冷えていて、嫌な汗をかいている。震えそうになるのをぎゅっと握り締めて堪《こら》えた。

「そ、だね……。でも、昔の私に似ているから、もしかして好きになっちゃうかもしれないよ？」

「……はは。ならないよ。今はミカがいるだろ」

私の試すような言葉を軽くあしらって、修二は料理を食べ続ける。

美味《おい》しいと喜んで食べてくれているのに、全然嬉しく感じられない。それよりも嘘《うそ》をつかれたことへのショックが大きい。

じゃあ、私がいなかったら？　もし出会うのが村上麻沙美さんのほうが早かったら、好きになっていたかもしれない？

そんな不安がぐるぐると渦巻《うずま》いて、私の心が暗雲に包まれる。

それでも好きな人を疑いたくない気持ちは強く、彼が隠すのなら私も知らないフリをしておくのがベストなんじゃないかと考え直した。

でも――

隠されるのは悲しいよ。何でも言い合える仲になりたいし、嘘《うそ》をつくような関係になりたくない。

もっと追及すべきかもしれなかったものの、修二の業務用携帯が鳴ったため、この会話は終了となった。

8

仕事を終えて会社を出たあと、俺は待ち合わせの場所へ急ぐ。

帰宅ラッシュのこの時間帯。足早に歩く人たちをかき分け、地下通路にあるオシャレなカフェに入った。

「お待たせしました」

「あ、不破さん、お疲れさまです」

俺が到着したことに気がついた彼女は、席から立ち上がり頭を下げた。

「お待たせしてしまいましたか？」

「いいえ、私も今来たところです。不破さんは何を飲まれます？」

「僕はコーヒーで」

「分かりました、注文しますね」

俺たちは丸テーブルを挟んで座り、お互いの顔をじっと見つめ合う。

——それにしてもよく似ている。顔のパーツ自体はそこまで似ていないのに、メイクのせいか？

涼しげな目元を印象的にするために、しっかりと引かれた彼女のアイライン。マスカラがたっぷり塗られていて、目の周りはスモーキーなメイクをしている。髪型も美しいストレートヘアで、あの頃の美嘉を思い出した。

「あの……不破さんは今、ご結婚されているんですか？」

彼女の視線が俺の左手の薬指に嵌《は》められた結婚指輪に向いた。

「はい、結婚しています。実は少し前に再婚して、今は新婚です」

「そうなんだ……」

村上さんはそう呟《つぶや》いて肩を落とす。

何と声をかければいいのか悩んでいると、店員がコーヒーを運んできてくれた。場の空気が少しだけ和《なご》みほっとする。

「――で。さっそく本題ですが、村上さんは美嘉の生まれ変わりだとおっしゃっていましたけど、本当ですか？」

「はい、本当です。美嘉の時の記憶を持っています。……ほら、見た目も美嘉そのものでしょう？」

「確かに」

見た目が似ていることは認める。けれど外見は、ある程度寄せることができるではないか。好きな芸能人に憧れるあまり、同じ髪形やメイクをして似せるなんて、よくある話だ。

問題は中身のほう。心が美嘉なのかどうかだ。

しかも、妻である未華子も心が美嘉だと言っている。

彼女の場合、見た目は全く違うが、性格は美嘉そのものだ。かなり昔の記憶まで残っているようだし信憑性《しんぴょうせい》が高い。

「私、十九歳の時に事故に遭って死んだんですよね。あと、その当時、すでに不破さんと結婚していた」

「はい、そうです」

「断片的な記憶ですが、その頃のことを覚えています」

彼女は俺たちのエピソードを把握しているらしく、次々に言い当てる。けれど、彼女が言った通りその記憶には所々抜けているところがあった。

「当時、何のバイトをしていたか覚えていますか？」

「いや……。えーっと、何でしたかね……すみません、その辺りは覚えていません」

「そうですか……」

未華子にも同じ質問をしたことがあり、彼女の場合、すぐに「ショップ店員だったよ！」と言った。当時アパレルショップのカリスマ店員が人気で、雑誌などに取り上げられていたのだ。アパレル系に憧れていた美嘉は、渋谷《しぶや》にある商業ビルのショップの店員になった。

二十三歳の未華子が当時のことをすらすらと話せるのは珍しいことだ。ネットですぐに調べられるとはいえ、かなり細かいことも話す。

だから未華子の場合は、本物だと信じざるを得ない。だから好きになったというわけではないが、そういうことも踏まえて、彼女と結婚することにした。

「……矢継ぎ早にいろいろと質問してすみませんでした。まだ信じられないでいますが、仮に村上さんが言うように、君が本当に美嘉の生まれ変わりだったとしましょう。僕に会いに来たのはなぜですか？　何が目的で？」

「それは……。前にもお話ししましたが、もう一度不破さんと夫婦になりたいからです」

「生憎《あいにく》、僕は結婚しています。村上さんと結婚する意思はありません」

「私が美嘉だとしてもですか？」

「はい」

迷うことなく即答すると、村上さんは沈んだ表情で俯《うつむ》いてしまった。

「どうしてですか？　死ななかったら私が妻だったのに……」

「美嘉が亡くならなければ、確かに彼女が妻だったでしょう。しかし妻は亡くなりました。もうこの世にはいません。僕は妻に先立たれた悲しみから立ち直り、新しく家庭を持ったんです。だから過去は振り返りません」

美嘉のことを愛していた気持ちに偽《いつわ》りはない。今でも彼女のことを愛している。しかし彼女はもうこの世からいなくなってしまった。

未華子や村上さんが美嘉の生まれ変わりだとしても、本物の美嘉はもう存在しないのだ。それは揺るぎない事実。

新たに美嘉の生まれ変わりの人が現れたからと言って、気持ちが揺れるほど未華子に対する気持ちは弱いものではない。

「……奥さまと会わせてください。あとから現れた女の人に、旦那さまを奪われたのだから、返してもらえるよう説得します」

「お断りいたします。妻には会わせません」

「じゃあ、私と会う時間をもう少しください。まだ納得できません。時間をくれないと言うのなら、奥さまに会いにいきます」

目の前の女性が厄介なことを言い出した。小刻みに震えつつ、怒りを含んだ目でこちらを見据《みす》えている。

俺のことを恨むのは仕方ない。仮に美嘉本人の感情が彼女の中にあるのなら、他の女性と結婚したことを怒るのは無理もなかった。

しかし、未華子にその怒りを向けるのは間違っている。彼女は関係ない。このトラブルに巻き込むのは、俺の本意じゃない。

「分かりました。あと一回だけ会います。もしそれ以上に会うことを要求されるのなら、然《しか》るべき対処をさせていただきます」

「…………分かりました」

村上さんは全く納得していない様子だったが、然《しか》るべき対処を――の文言で怖気《おじけ》づいたようだ。

俺は毅然《きぜん》とした態度で会計を済ませ、先に店を出た。

――はぁ、厄介なことになったな。

結城さんから話を聞いていたけれど、村上さんは会社に何度も電話をかけてきていた人物だ。俺にかなり執着していると思われる。

一度会って、真相を突き止めた上で「今後関わらない」と伝えようとしたのに……まさか二回目を約束させられるとは。

しかし未華子に危害を加えられては困る。逆上して犯罪まがいのことをされたらと思うと、ぞっとした。

相手の様子を見ながら慎重に対処しなければ、大変なことになってしまう可能性がある。

未華子にもしものことがあったら――

よからぬ想像に肝を冷やす。

もし、また妻を失うことになったら、俺は……

その先を想像するのはやめた。はぁ、と深いため息を零《こぼ》して未華子の待つ家に帰る。

俺の帰りを待つ可愛い妻。結婚するまであまり料理をしていなかったのに、甲斐甲斐《かいがい》しく練習して一生懸命作ってくれるから、毎日夕飯を食べるのが楽しみだ。

それに、結婚するまで清い関係を保ち、結婚してからもなかなか手を出さずにいたら、痺《しび》れを切らした未華子は俺を誘惑してきた。

慣れないくせに一生懸命で、大胆に迫るかと思いきや恥ずかしがる……あまりの可愛さに悶絶《もんぜつ》しそうになったとは、口が裂けても言えない。

嘘偽《うそいつわ》りなく、いつもまっすぐ俺に全力でぶつかってくるところや、俺のことを考えてあれこれやろうとしてくれるところが好きだ。

この年になって、こんなに自分を愛してくれる女性が現れるなんて思わなかった。

愛すること、愛されることを諦めてきた。そんな俺に人生をもう一度やり直そうと思わせてくれた女性。

大切にしたい。彼女を傷つけることはしたくないし、他人に傷つけさせたくない。俺がちゃんと守る。

今度こそ——

9

修二に隠し事をされている事実を未だに受け止め切れず、私は陰鬱《いんうつ》な気持ちを抱いたまま仕事に勤《いそ》しんでいた。

仕事は仕事。気持ちを切り替えなければ。

東常務と共に傘下《さんか》のグループ会社に出向き、今後の事業展開と経営内容についての会議を行う。その間に常務のスケジュール調整をしたり、電話対応をしたり、このあとのスケジュールを見つつタクシーの手配をしたりする。

修二のことをゆっくりと考えている暇がないほど仕事が忙しいのは助かるものの、ふとした瞬間に悲しい気持ちになるのはどうしようもない。

——どうして私に嘘《うそ》をついたの？

村上さんとのことを隠したのはなぜ？　私に知られたくないような関係だから？

修二を疑わないようにと思うのに、心の中に不安が渦巻《うずま》いて、思考が悪い方向に進んでいく。

ダメダメ。好きな人を疑うなんてよくない。昨日は勇気が出なくて追及できなかったけれど、今日こそはちゃんと話し合おう。

〝村上さんと一緒にいるところを見たよ、あの人とどういう関係？〟と、ストレートに聞けばいいのだ。先のことは、それに対しての答えを聞いてから考えればいい。

けれど今日は金曜日。月曜に定例会議があるため、その準備に追われて少し残業になりそうだ。

腕時計を見て、念のために修二に連絡を入れる。

すると、すぐに返信が来た。「俺も用事があるから遅くなる。夕飯はなくていいよ」と書かれている。

夕飯いらないんだ……。準備しなくていいのなら気兼ねなく残業できるからいいけど、修二の用事って何だろう。

またしてももやもやしてきた気持ちを抑え、それも合わせて夜に聞こうと、頭を切り替えた。

今は仕事に集中しよう。

私は東常務を待っている間に定例会議で使う資料をまとめるべく、タブレット端末を起動させた。

お疲れさまです、と帰っていく同僚を見送りつつ、私はまだ秘書課で仕事をしていた。

東常務と共に帰社して以降電話が多く、その対応に時間を取られたせいで、他の仕事が全然進んでいない。

「はぁ～」

とりあえず一区切りがつくまでやり遂《と》げ、パソコンのバックアップ作業に入った。これで今日の仕事は終わりだ。秘書課の掃除をして戸締りをし、フロアをあとにする。

修二に晩御飯はいらないと言われていたため、適当にどこかで食べて帰ろうとお店を探した。一人で食事をすることに抵抗はないものの、女性が入りやすそうなお店がいい。

オフィス街の中にあるオシャレなカフェを見つけた私は、そこに決める。ディナーセットがあるみたいで、しっかりめの食事ができるようだ。その上、カクテル系の飲み物が充実しているので、少し飲んで帰ろうと考える。

店の前にあったスタンドタイプのメニューを見て、何を注文しようかと悩んでいると、男女二人が店から出てくるのが視界に入った。

ここにいると邪魔だろうかと顔を上げた私は、その男女と視線がぶつかる。

「…………あ」

――こんなことってある？

私の前に現れたのは、修二と村上麻沙美さんだった。

一瞬何が起きているか理解できずに、二人の顔を見つめたまま動けなくなる。修二はいつもと変わらない冷静な顔をしているものの、私には明らかに動揺しているのが分かった。「見られてしまった」と思っているに違いない。

「あの……これは……」

「修ちゃん、お疲れさま。ここで食事していたの？　私もこの店に入ろうかなと思っていたから偶然だね――」

何か言い訳をしようとしたのか口を開いた修二にかぶせて、私はにこやかに話し出す。村上さんと一緒にいるところに遭遇して、ショックを受けているにもかかわらず、それを表に出さないように作り笑いを浮かべて。

「不破さん、もしかして、この人が奥さんですか？」

修二の後ろにいた村上さんが、私の顔を見るために前に乗り出してきた。近くで見れば見るほど美嘉にそっくり。瓜二つという言葉がぴったりだ。

「あ、ああ……。彼女が僕の妻だ」

困惑しながらも、修二は私が妻だと村上さんに紹介する。会わせたくなかったと思っていることが態度で伝わってくる。その態度に傷ついた。

そりゃそうだよね。内緒で会っていた美嘉にそっくりの女性に妻を紹介するなんて、本望じゃないだろう。

二人の関係を疑いたくないのに、疑わざるを得ない状況に心の中で落胆する。

「初めまして。私、村上麻沙美と申します。私、不破さんの元妻の美嘉です。突然で申し訳ないですけど、不破さんと別れてもらえませんか？」

「……え？」

今、元妻の美嘉って言った？

――元妻の美嘉は私だよ？

どうして村上さんがそんなことを言い出すのか理解できない。確かに見た目は完全に再現されているものの、美嘉が二人も存在するなんておかしい。

何かの手違いで、美嘉が二人に分裂してしまった……とか？

端《はな》から転生なんてあり得ないと言い切れないのは、実際に私がここに存在しているからだ。

「修二さんを私に返してください」

「あのね、君……！」

私のほうにぐいぐいと迫ってくる村上さんの肩を掴んで、修二は彼女を制止した。私は魂《たましい》が抜けたみたいに、微動だにできずその様子を眺《なが》めている。

「妻と別れるつもりはないと言っているだろう」

「それって、私と再会する前にこの人と結婚してしまったせいで、仕方なくですよね？　本当は私のことをずっと好きだったんでしょう？　あとを追って死にたくなるくらい、ずっと私のことを好きだったくせに」

「どうして、そんなことを君が知っているんだ」

「私が美嘉だからよ」

私は当事者なのに、他人事のようにその光景をぼんやりと見つめる。二人のやりとりに口を挟まず、ただ立ち尽くした。

美嘉と修二って、二人で並んでいるとこんな感じだったんだ。

二人とも長身で、昔友人たちが言っていたようにとてもお似合いのカップルに見える。ちんちくりんな私が彼の隣にいても、こんなふうにバランスの取れた素敵な感じにはならない……かも。

よかれと思ってこの体にしてもらったけれど、美嘉に似せた容姿にしてもらったほうがよかったんじゃないかな。天使さんにお願いする内容、間違えちゃった。

「……ミカ？」

何も言葉を発さずに、ボーッとしている私を不審に思ったのか、修二が私を心配そうに見つめてくる。

「え？　あ、何……？」

「君が心配することは何もないから。だから俺を信用してほしい」

必死に説得するように私の顔を覗き込む彼を見て、胸がキリキリと痛み出した。


——もし、私がいなかったら……その人と、結婚していたかもしれない？


「ねぇ、ミカ。聞いてる？」

再び黙り込む私を心配する修二は、険《けわ》しい顔で私の肩を掴み揺さぶる。

「返事をしてくれ、ミカ」


——もし、私が、いなかったら。


ドクン、と心臓の音が大きく鳴った。

すっと体が冷たくなっていき、自分の体が自分のものじゃないみたいな感覚に陥《おちい》る。

このままではいけないと危機感を覚え、こんな考えは今すぐに消し去らなければならないと、私は無意識に悟《さと》った。

「うん、大丈夫。信じてるよ」

「本当？　ミカを裏切るようなことは、絶対にしないから」

「……うん、分かってる」

修二はそんな人じゃない。浮気をしたり、不誠実なことをしたりするような人じゃない。分かっている、信じてもいる。


――だけど。

やっぱり、私は邪魔者なんじゃないの……？


そう思った瞬間に、肩に置かれた修二の手を振り払っていた。

「ごめん、私……帰るね」

「待って。ちゃんと話を――」

修二は逃げようとする私の手を掴もうと手を伸ばす。しかし、彼のその手は空《から》ぶり、宙に浮いた。

「え……？」

自分の手を見つめると、指先が透《す》けて向こう側の景色がうっすら見える。私は自分の体が消えかかっていることに気がついた。

「ごめんなさい」

怖くなって、その場を走り去る。私の名前を呼ぶ声が聞こえたけれど、一度も振り返らず、ただ遠くへ向かって走り続けた。

∞　∞　∞

——記念として、記憶を残したまま、好きな場所や時代、ものに転生できる特典を差し上げます。

天上世界で、私の魂《たましい》が生まれ変わりの指示を待っていた時、美しい天使がそう言った。

高橋美嘉として善良な生き方をしてきた私の魂《たましい》。幸せになって間もない頃に亡くなってしまったことが考慮され、前世の記憶を保持した状態で人生をやり直せる特典を貰えたのだ。

けれど、その代わりに一つ条件がある、と告げられていたことを思い出す。

——今回は愛する人のもとへ生まれ変わっていくのですね。分かりました。決して諦めず、愛される努力を惜しまないでください。その人に無償の愛を捧《ささ》げるのです。

もし、自分の存在を不要だと感じたり消えたほうがいいと思ったりした場合は、本当にその通りになってしまいます。

転生後のあなたは、愛する人の傍《そば》にいることでその存在が成立するのです。

諦めたら、そこで終わり。美嘉の記憶は抹消され、別人格——齋藤未華子として存在するようになります。気をつけてくださいね。

絶対にそんなことを思わない。私は何があっても修二が好きだし、修二も私を好きになってくれる。

それを疑わずに二十三年、未来を信じて追いかけてきた。

不安になることがあってもそれを吹き飛ばし、修二を好きだと思い続けてきたのだ。そうしてやっと夫婦になれたのに……

美嘉の生まれ変わりだと言う、美嘉そっくりの女性が現れる。私は、自分の存在に疑問を抱かずにいられなくなった。

女性と二人きりで会ったりしないと言っていた彼が、私に内緒で会っていた女性。私がいなかったら、修二は彼女と恋愛していたのかもしれない。

強く惹《ひ》かれていたからこそ、逢瀬《おうせ》を重ねていたのかな。そして、外見が全く違うのに美嘉の生まれ変わりだと言い張る私と結婚したことを、後悔していたのかもしれない。

早まったことをしてしまったと、思われていたら……

そんなことを考えているうちに、心が黒闇に引きずられていく。

ひたすら向けていた愛情は、彼にとっては迷惑だったのではないか？

――これ以上考えてはいけない。これ以上疑う心が増えちゃったら、本当に記憶が消えてしまう。

修二に告白されたことも、初めてキスをしたことも、一緒に過ごした幸せな時間も。全部消えて、私は齋藤未華子としてリセットされる。

分かっているはずなのに、悪い考えが止まらない。今まで我慢していたぶん、どんどん溢《あふ》れ、どうしようもなくなっていく。

結婚するまでの期間、どうして手を出してくれなかったの？

夫婦になったのに、どうして避妊するの？

転生してきた私が不憫《ふびん》だから結婚した？　好きじゃないけど、同情して結婚してくれた？

——本当に、私のこと……すきだった？

記憶の中の優しく微笑《ほほえ》む修二の顔が薄らいでいき、どうしてこんなに悲しいのか分からなくなる。

「私は……何を考えて……？」

零《こぼ》れる涙を拭《ぬぐ》って、ふと顔を上げた。

何かを考えながら電車に乗り、ふらふらと歩き続けた末にたどり着いた先は、見覚えのない場所で——

どうして自分がここに来たのか分からず、私はただぼんやりと目の前の景色を眺《なが》めていた。

∞　∞　∞

未華子の手を掴もうとしたのに、彼女の手は透明になり、俺の手は彼女の体をすり抜けた。現実にそんなことが起こるなど信じられず、自分の手を見つめる。

――俺の手はいつも通りだ。けど……ミカの手は、消えそうになっていた。

それがどういうことなのか深くは知らないが、いけない方向に事態が進んでいることだけは分かる。

「私、絶対に諦めません。だって私が妻なんですから」

その声に背後にいた村上麻沙美の存在を思い出し、振り返った。この女性と未華子が鉢合わせることだけは避けたかったのに、偶然が引き合わせてしまったのだ。

美嘉にそっくりな女性と一緒にいるところを見られたら誤解されるに違いないと懸念していたのに――まさかその通りになってしまうとは。

「不破さんだって、今でも私のことを忘れていないんでしょう？」

「……もちろん、美嘉のことは忘れていない。だけど、今は彼女のことを愛してる」

「嘘《うそ》よ。忘れられずに苦しんだ日々を忘れたの？　生きているのがつらくなるほど、長い間苦しんでいたじゃない」

確かに村上さんの言う通り、美嘉がいなくなったあと、俺は長い間苦しんだ。周りに「もう大丈夫」と強がってみせても、ふとした瞬間に彼女がいなくなったことを思い出し、息ができなくなるほど苦しくなる日々を過ごしたのだ。

夜が怖くて、いっそのこと俺も美嘉と同じ場所にいけたら――そう思う時もあった。

だけど美嘉はそんなことを望んでいないだろう。自《みずか》ら命を絶って会いにいっても、きっと喜ばない。全力で命を全《まっと》うしてから会いにいくべきだ。

そう思って、今までやってきた。

「君の言う通りだよ。でも今は違う。俺は立ち直ったし、愛する人ができた。その人を大事にしたいから、もう君には会わない。それはさっきも伝えたはずだ」

俺の意思はすでに伝えていた。村上さんと会うのはこれで最後。それは最初から決めていたことで、これ以上彼女が俺たちに付きまとうのなら、然《しか》るべき対処を取ると。

「どうして……。こんなにも美嘉に似ているのに」

「容姿が似ているから好きになるわけじゃない。俺は、その人の全てを見て好きになる。行動だったり、仕草だったり。その一つ一つに、その人の本当の心が現れているはずだからだ」

村上さんは黙り込んで、目を伏せる。悔しさを滲《にじ》ませるように、肩を震わせた。

「申し訳ないが、君のことは好きにならない。たとえ美嘉の生まれ変わりだったとしてもね」

俺の心の中にいるのは未華子だけだ。俺に会うために、たくさんの努力をしてきた彼女のことを、心の底から愛している。健気《けなげ》でいじらしくて、一途で……

俺をまっすぐに愛してくれて、いつも一生懸命。そんな未華子だからこそ、好きになった。

だから早く未華子のもとに行きたい。追いかけて、今度こそちゃんと捕まえたい。

この場を立ち去ろうとした瞬間、肩を震わせていた村上さんが消え入りそうな声で話し出した。

「………もういい」

「え？」

「もういいって言ってるの。せっかく美嘉になってあげようと思ったのに！　何なのっ⁉」

声を荒らげて怒り出した彼女を、周りの人たちが注視する。これだけ人通りがあるなら危害を加えられることはないだろうと思いつつも、俺は念のため身構えた。

「ここまでこっぴどくフラれるのなら捨ててやろうかと思ったけど……返してあげる」

彼女は肩にかけていたトートバッグから何かを取り出し、俺の胸に押しつけた。それが何か分からずに受け取る。

「これは……」

「あなたの書いた日記。電車に落としたでしょう？」

懐かしい黒革の手帳を見て、これが自分のものだったことに気がつく。

そうだ、これは数年前、どこかで落としてしまった代物《しろもの》だ。どこで落としたのか分からず、あちこち探し回ったのに結局見つからなかった。

とっくに諦めていたものが、今さら出てくるとは。

しかもその内容は、美嘉のことを忘れられないとつらつらと綴《つづ》ってある、決して人には見せられない、なかなか恥ずかしいもので――

「最初は男のくせに女々《めめ》しい人だなと思ったけど……気づけば、こんなに想われている美嘉さんになりたいと願っていた。だから私は、美嘉になりすました」

手帳を開くと、懐かしい文面と共に美嘉と俺が一緒に映っている写真が出てくる。この写真を見て、村上麻沙美は美嘉に似せたのだろう。そして美嘉として、俺の前に現れた。

「あーあ、それなのにフラれるなんて……本当、最低。時間の無駄だった。ちゃんと返したんだから、訴えたりしないでよ」

「……ああ。これ以上何もしなければな」

「しないわよ。じゃあね」

悪態をついた彼女は、俺に背を向けて歩き出す。そうして通行人に紛《まぎ》れ、姿が見えなくなっていった。

これで一件落着、とはいかないかもしれない。何か危害を加えてくる可能性はゼロではないため、しばらくは警戒しておくべきだ。

俺は少し前から村上麻沙美の調査を依頼していた興信所に一報を入れておく。

一応、彼女の件はこれで片付いた。

しかし一番問題なのは、未華子が誤解してしまっていることだ。

早くちゃんと説明して、安心させなければ。透明になっていた彼女の体のことを思うと、あのまま消えてしまうのではと心配になる。

もう二度と失いたくない。もしまた彼女を失うことになったら――今度こそ、俺は立ち直れないだろう。

とにかく捜そうと、俺は動き出した。どこに行ってしまったか見当がつかないので、とにかく心当たりのある場所を全部当たっていく。

会社、周辺の店、俺たちの家。それから彼女の実家にも顔を出してみたものの、未華子の姿はない。結婚式に参列してくれた彼女の友人にも連絡をしてみたが、未華子は来ていないと言われた。

携帯電話に電話をかけても、圏外のアナウンスが流れるだけで繋がらない。

一体、どこに行ってしまったんだ。本当に消えてしまったんじゃないだろうな。

頭の中が焦燥感で埋め尽くされて、冷静に考えられなくなっていく。

――もし、未華子がいなくなったら、俺はどうすればいい？

気がつけば、いつも俺の傍《そば》にいた。俺を好きなことを隠し、秘書として毎日傍《そば》にいてくれた彼女を思い出す。

彼女から食事に誘われても即答で断ることが多かった。そのたびにぎこちない笑みを浮かべて「そうですよね」とすぐに引いてくれた未華子。

社交辞令だろうと思っていたのに、実際は勇気を出して誘ってくれていたのかもしれないのだ。

そして、いつも「不破専務は素敵な男性です」と俺を褒めてくれてもいた。

本人は気づいてないかもしれないが、そう言ってくれる彼女は、少しだけ頬を赤く染めて照れつつも嬉しそうに微笑《ほほえ》んでいたのだ。その顔はとても愛らしくて、そんな表情を向けられるたびに心が疼《うず》くような感覚がしていたものだった。

さらには、俺のことなど恋愛対象に入らないだろうと思っていたのに、突然のプロポーズ。からかわれているとしか思えず、相手にしなかったものの――

彼女はどこまでもまっすぐにぶつかってくる。駆け引きなんてせず、いつも全力投球。そんなところが潔《いさぎよ》くて、閉じていた俺の心が開いた。

未華子が美嘉の生まれ変わりだから好きになったわけじゃない。

仮にそうじゃなかったとしても、必ず好きになっていた。

俺はきっと、ミカの魂《たましい》に惹《ひ》かれている。ミカそのものの心が好きなんだ。

もう離したくない。もう離せない。ミカのいない生活なんて考えられない。彼女が逃げ出そうとしても、逃がしてあげることはできない。

絶対に見つけ出してみせる。

ふと手帳をめくってみると、大学時代のサークルについて書いてあるページにたどり着いた。逗子海岸で美嘉に告白したことを思い出した俺は、なぜか彼女がそこにいるのではないかと考える。

この時間ではもう電車は走っていない。ならば車で向かうしかないと、自宅へ帰る。

そして車に乗り込み、急いで湘南方面へ走り出した。

もう迷わない――。ミカ、会いにいくよ。今度は、俺から。

10

愛するとは、どういうことだろう。

その人のことをずっと想うということ？　離れていても、傍《そば》にいても、変わらない気持ちで相手を思いやること？

自分のことよりも、愛する人のことを考えること？

修二と離れ離れになってから、気の遠くなるような長い時間が過ぎた。それでも彼への想いは変わることなく、むしろ強くなる一方で。

私にとってあなたが必要であるように、あなたにとっても私が必要であってほしいと思い続けてきた。

だから何も迷うことなく、生まれ変わって会いに行ったのだ。

けれど、それは愛なのだろうか。

修二の気持ちはどうなのか、ちゃんと聞いてはいない。

自分の気持ちを押しつけるばかりで、私は彼の気持ちに向き合えていなかった。

本当はもう私のことなんて、必要じゃなかったかもしれない。けれど、生まれ変わって会いに来たと言われ、拒否なんてできなかったのだろう。

私は「好き」を押しつけて、修二に選択肢を与えなかった。

それって愛じゃない、よね……

これは、私の独りよがり。信じて進んできた道は、ただの独りよがりだったのかもしれない。

ごめんなさい。私、あなたに迷惑をかけていたよね。本当にごめんなさい。


水平線に昇ってきた太陽の光が海面に反射して、眩《まぶ》しいほどにキラキラと輝いている。優しい波の音のあと、大きな波の音がして、しゅわしゅわと泡立つ。私はそんな波打ち際を眺《なが》めていた。

「……綺麗」

どうして海に来たのか、はっきり分からない。

だけど、気がついたらここにいて、夜が明けるまでずっと海を見続けていた。

もうすぐ完全に陽が昇る。それを見届けたら、家に帰ろう。

遠くのほうで、サーファーたちが波に乗っているのが見える。早朝から海を眺《なが》めている私を不審がることはなく、彼らは海の中に入っていった。

中に入ったら気持ちいいかな、とパンプスとストッキングを脱ぐ。素足に感じる砂粒が冷たい。

「わ、結構冷たいんだ」

五月になって昼間は暖かくなってきたけれど、朝はまだ冷える。その空気の冷たさが砂に伝わっているのだろう。

オレンジ色のペディキュアが砂にまみれていくのを見ながら、私は歩き出す。

ザー、ザーと波の音を聞きつつ波打ち際へ進んでいると、急に誰かに腕を掴まれた。

「ミカ！」

強い力で引き寄せられたあと、大きな体に包み込まれる。それが誰だか分からないけれど、どこか懐かしい匂いがした。

「ミカ、捜したよ。ここにいてくれて、本当によかった……」

すりすりと頬を寄せられて、強く抱き締められている。それがすごく嬉しくて、でもこの人が誰だったか思い出せなくて、何とも言えない気持ちになった。

「ミカ？　聞いてる？」

無反応の私を不審に思ったのか、男性は体を離して顔を覗き込んでくる。

整った顔立ちの彼は、なぜか少し疲れを滲《にじ》ませているように見えた。年齢は三十代後半くらい？

「若さ弾《はじ》ける！」とは言《い》い難《がた》いが、大人の雰囲気を纏《まと》った素敵な男性だ。

彼は一体誰なのだろう。私は何も言わずに、ただ見つめ返す。

「もしかして、俺が分からない？」

どうしてそんなに悲しい顔をするの？

今にも泣き出しそうな悲痛な表情を浮かべて、彼は一方的に話を続ける。

「全部、俺のせいだ。ミカのことを、傷つけてしまったから……。ミカ、俺は君が好きだ。ミカがいないと、もう生きていけないくらい、君のことを愛してる。美嘉の記憶がなくなったとしても、また俺のことを好きになってもらえるように頑張るから……俺の傍《そば》から離れないで」

――修……ちゃん……？

記憶の彼方《かなた》にあった彼の名前を思い出す。

目の前の男性の名前は、修ちゃんだったような――

「ミカ、愛してる」

頬に手を添えられて、そのままくちびるが重なる。柔らかくて温かなくちびるの感覚から、記憶がゆっくりと蘇《よみがえ》っていった。

朧《おぼろ》げだった記憶たちが鮮明に輝きを取り戻し、目の前の愛する人が誰なのか教えてくれる。

「修ちゃん」

「ミカ！」

「どうしてここに？　っていうか、あれ……？　なんで私、ここにいるんだろう？」

片足を海に突っ込んで立ち尽くしているせいで、足先が冷たい。修二なんてビジネスシューズのまま海に入っちゃってるし。

「自殺しようと思っていたわけじゃないんだな？」

「違う違う！　そんなことするわけない」

「はぁ～～っ、よかった…………」

脱力しながらも私に抱きつく修二は、盛大に安堵《あんど》のため息を漏《も》らした。

「嘘《うそ》、私……そんなことしそうに見えた？」

「見えたよ。めちゃくちゃ焦《あせ》って、ここまで走ってきたんだから」

「心配かけてごめんね。私、自《みずか》ら命を絶ったりしないよ。まだまだやりたいことたくさんあるし」

経験していないことや知らないことが、まだいっぱいある。せっかく生まれ変わってきたんだもん、まだまだ死ねない。

「それより、昨日はごめん。誤解されてしまったよな。俺、村上さんとは何もやましいことはないんだ」

「じゃあ、何で嘘《うそ》をついたの？　私が『村上さんのことを知ってる？』って聞いた時、知らないふりしたよね？」

今まで修二に遠慮して言えなかったことを、包み隠さず話すことに決めた。

隠せば隠すほど不安は大きくなるだけだし、何の解決にもならない。結城さんがアドバイスをしてくれたみたいに、夫婦の間に隠し事はよくないんだと身をもって知った。

本当の話を聞いたら、傷つくかもしれない。だけど隠されていることを知りながら、知らないふりをしているほうがつらい。

「……ごめん。ミカに心配をかけたくなくて、あえて言わなかったんだ」

「やましいことがなかったのなら、正直に話してほしかった。隠されると悪い方向にばかり考えちゃうよ」

「本当にごめん。もう絶対隠したりしないし、嘘《うそ》をつかない。約束する」

修二は自分の非を認め、誠意を込めて謝ってくれた。

「会社に何度も電話がかかってくると結城さんから話を聞いていたんで警戒していたところに、偶然コンビニで出くわして声をかけられた。美嘉の生まれ変わりだと言ってきた上に、時間を作ってほしいと懇願《こんがん》されたんだ。今までなら相手にしなかっただろうけど、君が現れていたから、そういうこともあるのかと思ってしまった」

現に私がそうであったため、嘘《うそ》だと決めつけることができず、判断が鈍ったのだ。それは私のせいでもあり、修二だけを責められない。

「どういう目的で俺に近づいてきたのか見極める必要があって、二度会った。きっぱりと断ったのでもう会うことはないけれど、念のため何かあった時の対処の準備はしておくつもりだ」

村上さんは修二の手帳を拾って美嘉の存在を知り、なりすましたのだそうだ。今後も接触してくるようなら、彼は法的措置を取るつもりで、その根回しはすでに済んでいるとのこと。

「もし仮に彼女が美嘉のもう一人の生まれ変わりだったとしても、俺は迷わず君を選ぶ。美嘉の生まれ変わりとか、そうじゃないとか、そんなこと関係なく君が好きなんだ」

君が好き――

修二から、初めて好きだと言ってもらえた。

じんと心に染みて、幸せな気持ちが溢《あふ》れてくる。

ずっとずっとこの言葉を待っていた。

「だからもう離さない。消えていなくならないでくれ」

こんなに嬉しい言葉は今まで貰ったことがないよ。熱い涙がたくさん零《こぼ》れて、嬉しくてたまらない。

大好きな人に、やっと好きだと言ってもらえた――

「私……修ちゃんの傍《そば》にいていいの？　迷惑じゃない？　私の気持ちばかり押しつけてない？」

「そんなことないよ。俺は二度もミカに愛されて、とても幸せなんだ。なかなか素直になれなくて格好つけてばかりで……つらい想いをさせたよな。本当にごめん。これからは、ちゃんと伝えるから」

結婚したあとも、修二は年齢差を気にしていた。私には他に相応《ふさわ》しい人がいるんじゃないかと迷う気持ちがあった。

けれど今回のことがあって、私がいなくなってしまうかもしれないと考えた時、絶対に離したくないと思った、と彼は言う。

「年甲斐《としがい》もなく夢中になることも、追いかけることも、ミカのためにならできる。だから俺のことを愛し続けてほしい」

「修ちゃん……」

「もう一度会いに来てくれて本当にありがとう。ミカ、愛してる」

修二の言葉を聞いている間、ずっと涙を流しっぱなしなので、きっと私の顔はぐちゃぐちゃだ。

それなのに優しく慈《いつく》しむような眼差《まなざ》しで見つめられて……胸がいっぱいになる。

「修ちゃん、大好きだよ。私も愛してる」

もう二度と迷わない。このまっすぐな気持ちを、あなたに贈り続けるね。

それが私の生きている意味だから。

その後。私たちは感情が盛り上がったまま車に乗り込んだ。自宅に着く頃にはお互いに寝不足のせいでヘトヘトになっていて、お風呂に入ったあとすぐに爆睡してしまう。

手を繋いで眠る——それだけで満たされる。

修二のぬくもりを感じて眠ることがこんなにも愛《いと》おしくて幸せ。

ずっとこの人と一緒にいられるという安心感で、私はぐっすりと眠れた。

それから数時間後。

目を覚ますと、辺りが真っ暗で驚いた。朝から夜になるまで眠っていたんだ……と、まどろみながら考える。

「ミカ、起きた？」

「修ちゃん……起きてたの？」

「ああ、ちょっと前に。ミカの寝顔を見てた」

その言葉に絶句する。

私、ちゃんと可愛い顔で寝てた？　涎《よだれ》を垂らしたり、半目だったりしてなかった？

そんな心配をしていると、修二が私の頭を引き寄せて腕枕をしてくれる。

「何時間でも見ていられるくらい、可愛かった。そのまま襲ってしまおうかと思うほど」

「ええ……っ？」

「ん？　何。何か変なこと言った？」

まさか修二からそんな甘い言葉を聞けるなんて思ってもみなかった。今までそういうことがなかった反動か、衝撃が大きい。

「だって……修ちゃん、あんまりそういうことを言わない人だから」

「言わないようにしてた。でも、もう隠さないって言っただろ」

ちゅ、ちゅ、とリップ音を立てつつ、彼は私の額《ひたい》や頬にキスをする。その一つ一つの仕草も甘くて、心臓に悪いほどドキドキしてきた。

「悪いけど、もう離してあげられないよ」

「いいよ。離れたいなんて思わないから」

お互いの顔を見合わせたあと、目を瞑《つむ》って口づけをする。同じ想いを重ね合うように、甘く……そして深く。

「……ん、ぅ……」

結婚してから何度かキスをしていたし、そのたびに胸を高鳴らせてきたのに、今日のキスは格別だ。好きという気持ちをぶつけ合うみたいに、情熱的で濃厚で――。触れ合っていることが心地いい。心に染み込むような幸せが、とめどなく溢《あふ》れてくる。

「ミカ、愛してる」

本当に、本当に、この言葉を待っていた。この瞬間のために生きてきたと言ってもいいくらい、修二に愛されることを望んでいたのだ。

優しくて心地いい囁《ささや》きに、私はとろとろに溶けていく。

「ミカの全部を俺に預けて」

熱烈なキスを交わしている間に、パジャマのボタンを外されていた。そして彼の大きな手が開いた胸元に入り込み、ナイトブラの上から包み込む。

「寝る時もブラをつけてるんだ？」

「……うん。おっぱいの形が崩れないようにって」

「若いんだから、全く崩れてないだろう？」

「予防のためだよ。いつまでも修ちゃんに喜んでもらえるように、美乳を目指すの」

口角を吊り上げた修二は、ナイトブラの肩紐《かたひも》をずらす。それを肩から抜いて脱がせると、露《あらわ》になった胸を見て微笑《ほほえ》んだ。

「綺麗だよ。……俺と結婚してから、サイズ大きくなった？」

「……うん。そうみたい。もともと美嘉の時より大きくしてもらったんだけど……最近ワンサイズ大きくなったの」

「俺が揉《も》んだから？」

「……ああっ」

大きな手で包み込んでもまだ少し溢《あふ》れる胸を、修二は嬉しそうに眺《なが》めている。それが恥ずかしくて私は顔を逸《そ》らす。けれど、熱視線は容赦《ようしゃ》なく降り注ぎ続けた。

「揉《も》むと大きくなるっていうのは、本当なんだ？」

「分かん、ないけど……あぁっ、も……ダメ。恥ずかしい……」

ふにふにと両方を大胆に揉《も》まれると、羞恥心《しゅうちしん》で逃げ出したくなる。でも気持ちよくて、どうしていいか分からない。

「逃がさないよ。もっと気持ちよくしてあげるから」

「あぁ……ん――。あぁ……っ」

胸の先を指先で優しく摘《つ》まれる。それからくにくにと転がされて、好き放題に弄《いじ》られていく。

恥ずかしがっているところが気に入ったのか、なかなか止めてもらえず、じっと見つめられたまま愛撫《あいぶ》が続いた。

――修二って、こんなにエッチだったっけ？　しつこいっていうか、ねっとりっていうか……。

なんか……すごくエッチになってる気が……

「見ないで……。恥ずかしいよ」

「ダメだ。ちゃんと全部見るから」

ダウンライトの灯りで照らされているせいで、感じている顔も見えているに違いない。私はずっと目を瞑《つむ》っているから彼が見えないものの、修二は余すことなく私を見つめていると分かった。

「硬くなってきた。……どう？　気持ちいい？」

囁《ささや》くような声がすごく色っぽい。その声と愛撫《あいぶ》が相まって、私の体の奥がジンと疼《うず》く。

そんなにいやらしく聞かないで。切なくなるほど感じてしまう。

「ねぇ、ミカ。教えて」

「気持ち……イイよ。あぁ……っ」

「本当？　よかった」

硬くなった胸の先に吐息がかかったすぐあと、彼のくちびるにキスをされた。そして口の中に含まれ、舌を巻きつけて舐《な》められる。

「あ……っ、修……んんーっ！」

丁寧に舐《な》めしゃぶられ、右と左と交互に愛される。いやらしく動き続ける舌は、容赦《ようしゃ》なく刺激を加えて私を惑《まど》わす。

「ミカのおっぱい可愛い。ほら……見て」

「あ……あ……」

見てほしいと言われて目を開いてみると、修二が私の胸に顔を埋《うず》めているのが見えた。

いつも冷静沈着で鉄壁の不破専務と呼ばれている大人の男が、私の胸の間で誘惑するような色気だだ洩《も》れの表情をしている。

そんな顔するなんてズルい。

格好よすぎて腰が砕けそう。

「修ちゃんのエッチ……」

「そんなこと、前から知っているだろう？」

「知っ、てる……けど……拍車がかかって……、あん……っ」

昔は十代だったから、盛りまくっていた。

でも、二度目の結婚からは、いつも落ち着いていて余裕だったじゃない。

それなのに、今日の修二は昔の修二みたい。とろんとした官能的な顔つきで私を見つめてくる。

胸をまさぐっていた手が離れて、私のパジャマを脱がせていった。上半身も下半身も全て脱がされて、ショーツ一枚だけにされてしまう。

「あの……っ、修ちゃんも脱がせていい？」

「いいよ」

お揃いで買った色違いのパジャマ。シンプルで素敵だと一目惚《ひとめぼ》れしたそれは、修二によく似合っている。

そのパジャマのボタンを一つずつ外して脱がせていくと、引き締まった上半身が現れる。そして下半身は――興奮状態にあるものが気になる私は、彼のパジャマをうまく脱がすことができない。

「どうしたの？」

「えっと……その……」

何度かしてるはずなのに、今日はすごく恥ずかしい。

なんか……いつもより大きいような気がするんだもん。

「これが気になった？」

「あ……っ」

下着をつけたままの状態で足を広げられて、股間をぐっと押しつけられる。布に阻《はば》まれて入りはしないけれど、敏感になった場所はそれだけでビクッと震えた。

「あぁ……、はぁ……っ」

「早く挿《い》れたい。ミカのここにいっぱい挿《い》れて、掻《か》き回したい」

ぐりぐりと擦《こす》りつけられると、勝手に腰が動く。

私だって早くここに入れてほしいし、中をぐちゃぐちゃにされたい。いつものセックスを思い出して体が熱くなる。

「だから、触っていい？」

「……あっ！」

修二の指先がショーツに引っかかり、そのまま膝《ひざ》の辺りまでするんと下ろされる。そして片足を抜かれると、大きく開かれた。

「あ……っ、や……ダメ……そんな」

まだ片方の足にショーツが引っかかっているのに、彼の指先はもう秘部にたどりついている。その格好がすごく卑猥《ひわい》に感じられて、ますます体が熱くなっていく。

「もうぐしょぐしょ。可愛いな、ミカは」

「や、だ……ぁ、そんなに、音……たてないで」

「そんなにって、何も特別なことはしてないよ。ただ、表面を触ってるだけ。それなのに、こんなにいやらしい音をたてて……エッチだな」

充分すぎるほどに潤《うるお》っている場所を擽《くすぐ》り焦《じ》らされる。

中に欲しくて我慢できなくなり、勝手に収縮運動するほど渇望《かつぼう》しているのに、まだ指も入れてもらえない。

「ん？　どうしたの？　ミカ」

「何でも……な……あぁっ」

花芯に触れられた瞬間、言葉が途切れるほどの強い快感が体中に響いた。すぐにイッちゃいそうなくらい気持ちよくて、気が遠くなる。

「あれ？　おかしいな。ミカはいつも素直に何でも言ってくれるのに、今日は素直じゃないみたいだ。こんなにビクビク腰を揺らしていても、本当に何でもないの？」

「あ……っ、あぁん！」

溢《あふ》れかえった蜜が指の滑りをよくするせいで、動きが速くなる。

「ダメ……それ以上したら……イッちゃう」

涙を浮かべながらお願いしても、修二は嬉しそうにそこを見つめてやめようとしない。

「そうなんだ。イッちゃうんだ？　可愛いな。イクところ見ていてあげるから、可愛くイッてみせて」

「や……恥ずかし……ッ、あぁぁっ、あ、ん――ッッ」

あっけないほどすぐにイッてしまった。

急速に昇り詰めた体は余韻が消えず、またすぐにでも昇ってしまいそうなくらい敏感なままだ。

呼吸を整えていると、修二は私の頬にキスをしながら話し始めた。

「ミカの感じてる顔、すごくエロかった」

恥ずかしい。

変な顔をしてなかったかなと不安になるものの、修二はいつになく嬉しそうだ。彼が満足してくれているのなら、どんな顔でもいいかと思えてくる。

「ミカのことが好きすぎて、年齢を忘れて溺《おぼ》れてしまいそうだ。理性が保てない」

「本能のまま、いっぱい溺《おぼ》れて」

「俺の気も知らないで、そんなこと言う……。後悔しても知らないぞ」

「大丈夫、後悔なんてしない」

彼のスイッチを押してしまったようで、花芯を弄《いじ》っていた指が中にゆっくりと埋め込まれていく。

欲しかった場所に入れてもらえて、それだけでまたすぐに達しそうになった。

「ああ……っ、あぅ……」

じっくりと深いところまで挿《さ》し込《こ》んだ直後、抜けそうになるくらいまで引き抜かれた。嫌だ、抜かないでと腰を揺らすと、また奥にまで入れてもらえる。

「ナカ……すごく熱い。いっぱい気持ちよくなれるようにしてあげる」

「あぁ……っ、修ちゃん……！」

指を精一杯締めつけて、ずっとここにいてほしいとおねだりする。それを分かっているみたいに、彼の指は気持ちいい場所を探し当てて擦《こす》り始めた。

「あ、そこ……っ、ダメ……すごい……あぁっ」

「ダメなんじゃないだろう？　気持ちいいでしょ？」

「ああっ、気持ち……イイっ、あ、修ちゃ……っ、気持ちいいよぉ……っ」

膣に力が入らなくなるほど気持ちがよくて、頭が真っ白になっていく。

激しく指を動かされているのに、痛さは全くなくて、むしろ意識を飛ばしてしまいそうだ。もう気持ちいいことしか考えられなくなり、嬌声《きょうせい》さえ出なくなった。

「んん——っ、はぁ、……っ——」

奥から何か溢《あふ》れる——。そう思うけど、自分の力ではどうしようもできない。蜜を飛び散らせながら、私は導かれるまま昇り詰めた。

——今日の修ちゃん……いつもよりすごい……かも。

いつもは情熱的であるものの、どこか冷静。快感に溺《おぼ》れているのは私だけみたいな気がしていたのに、今日はひと時も私から離れず、愛撫《あいぶ》をし続け肌にキスをとめどなく降り注がせている。愛《いと》おしいものを撫《な》でるような手つきで触れられているのが嬉しくて、私は余計に昂《たか》ぶった。

「いっぱい出たね。……ほら」

修二の腕辺りまで飛ばしていることに気がつき、私は「やってしまった」と恥ずかしくなる。シーツにも滴《したた》る蜜を見て申し訳ない気持ちになり、彼のほうを見ると、すぐにキスをされた。

「ミカのここに……早く挿《い》れたい」

「……ン、んぅ……」

達したばかりのそこをまた弄《いじ》られて、ビクッと大きく体が揺れる。

「今日はつけなくてもいい？」

「え……？」

いつも通り、今日も避妊すると思っていた。

それなのに――

「ミカと直接繋がりたい。俺の全部受け止めてくれる？」

「うん……！」

足の間に体を滑り込ませた彼は、自身に蜜を塗りつけたあと、ぐぐっと押し込み始めた。

「ああ……っ」

「――っ、ミカの中、ぬるぬる」

息を漏《も》らして話す修二の声は艶《つや》っぽい。彼は困ったような、それでいて嬉しそうな表情を浮かべ、私の中に全部を埋め込んだ。

「……全部入ったよ。大丈夫？」

「ん、大丈夫……すごく……気持ちいい」

抱き締めてくれる修二の体に腕を回して、ぎゅっとしがみつく。大好きな人と繋がっている幸せを噛み締めて、彼の首元にくちびるを寄せた。

「本当はずっとこうしたかった――。俺のほうが年上だし、いい年だし、ミカのことをいつでも逃がしてあげられるように気持ちの予防線を張ってた」

避妊していたのは、そのためだろう。コンドームをしていても百パーセント避妊できるわけじゃないと、最後は絶対に抜いていたのだ。

「ミカの気持ちが俺に向いているのも、今だけかもしれないと考えていた。俺のことを好きだと言ってくれるのがすごく嬉しい反面、その気持ちがなくなった時のことを思うと怖かった」

失うことのつらさを知っているから、臆病になるのだ。彼は昔深く傷ついたことで、もうこれ以上傷つかないよう、知らないうちに予防線を張るようになっていた。

「けど、もう迷わないって決めた。おじさんのくせに、独占欲丸出しでいく」

「おじさんのくせに、はいらないよ。修ちゃんはおじさんじゃないもん」

「……ありがとう」

頬を撫《な》でられた私は、彼と見つめ合う。そうして彼は、キスをしながら繋がった場所を動かし始めた。

「これからは、たっぷりと愛してあげるから。覚悟して」

「……っ、ぁ、ん……っ、あぁ……！」

胸がいっぱいになるほどの嬉しさで、涙が溢《あふ》れる。

きっと私、蕩《とろ》けるような顔をしているに違いない。

深く繋がりつつ、修二が私の手を握る。彼の指が、もう離さないと言わんばかりに強く絡んだ。

「好き……っ、修ちゃん、好き……！」

「俺もだよ。ミカ、好きだ」

愛を囁《ささや》き合い、キスを交わして、大好きな人に抱かれている。これ以上のものはないと思えるくらい、この瞬間が最高に幸せだ。

中にいる彼はすごく逞《たくま》しくて、何度も壁を擦《こす》り上《あ》げた。苦しいほどに全部を埋められて、最奥にまで彼を感じる。

彼は少し体を離すと、私の腰を掴んで、ズンズンと強く打ちつけ始めた。

「あ……っ、あぁ……！」

「ミカの中、すごく気持ちいいよ。すぐ出てしまいそう」

「ああんっ、修ちゃん……っ」

気持ちよさそうな顔をしている修二がたまらなく愛《いと》おしい。そのとろとろに甘く蕩《とろ》けた顔、私の前でしかしないでね。すごく可愛いから。

断続的なリズムが速くなり、抽送が激しくなる。

中を抉《えぐ》られるみたいに擦《こす》られるたびに、蜜が溢《あふ》れた。修二の肌は蜜でたっぷり濡《ぬ》れ、彼が動くたびにいやらしい音が立ち続ける。

イッてもいいよ。修二が好きな時に気持ちよくなって。

そんなことを考えつつ、中にいる彼をきゅううと締めつけていると、勢いよく引き抜かれた。

「……こら。そんなに締めたらすぐにイッてしまうだろ」

「だって……」

イッてもよかったんだよ……？

そう思っているうちに、修二は体を下のほうに移動させ、私の足の間に顔を埋《うず》めた。

「修ちゃん……!?」

今まで繋がっていた場所に舌を這《は》わせ、溢《あふ》れすぎた蜜をすする。れろれろといやらしく舐《な》め上げ、硬くした舌で蕾《つぼみ》を転がした。

「や……っ、ダメ。汚れてる、から……っ、ああっ、あんっ」

「汚れてなんかないよ。ミカのここ可愛いなぁ。俺がいなくなって、ヒクヒクしてる」

さっきまで彼のいた場所を舌で擽《くすぐ》られる。たっぷりと舐《な》め尽くしたあと、お尻や腰、太ももも舐《な》められた。

「あぁ……っ、ん……！」

「すぐに終わったら勿体《もったい》ないだろ。ミカをたっぷり味わわないと満足できない」

これぞ大人の余裕……？

それとも、修二がエッチなだけ？

ねっとりとした愛撫《あいぶ》をされて、軽くイカされる。ずっと昇り続けていて全身が敏感になり、何をされても気持ちいい状態だ。

早くさっきの続きをしてほしい。修二に貫《つらぬ》かれたい。

愛撫《あいぶ》が気持ちよければ気持ちいいほど、その欲求が高まる。

「修……ちゃん、もう。私……ダメ、我慢できない」

「ん？　どうしたの？」

少し意地悪な笑みを浮かべて、修二が私を見つめる。

さては我慢できなくなるまでお預けをされていた……？　そんな彼の思惑《おもわく》に気がついた時には、

私は完全に罠にはまっていた。

「早く……欲しい」

「何が欲しいの？」

分かっているくせに、いじわる。

何が欲しいのか言うように仕向けられて、羞恥心《しゅうちしん》が煽《あお》られる。

「修ちゃんの、全部が、欲しいの」

「そう。そんなに欲しくなったの？　ミカのここは」

修二の熱の塊《かたまり》を押しつけられるだけで、奥がきゅんっと震える。媚肉をかき分けるように上下に動かれると、ぬるぬるとした蜜が彼に移っていった。

「お願い、入れて。修ちゃんのが欲しい」

「……いいよ」

ぬぷっと音が立ち、私はゆっくりと彼を味わう。もう逃がさないと彼を呑み込んで絡み、締めつけた。

「……は、いやらしいな、ミカのここは」

「修ちゃんが、こんな体にしたんでしょ……？」

私の体は、昔も今も、修二しか知らない。

修二に開発されて、慣らされて。彼の体に馴染《なじ》み手なづけられていく。

それが嬉しくて悦《よろこ》ばしい。

もっとしてほしくて、好きな気持ちが止まらなくなる。

「そうだな。ミカはそれでいいの？」

「いい……っ。修ちゃんに全部もらってほしい。私は、修ちゃんしかいらない」

「はぁ……可愛いこと言うなぁ、俺の奥さんは」

抱き締められている力が強くなるのと同時に、彼の重みが増して繋がりが一気に深くなった。やがて突き上げる動きが激しくなる。

気持ちよさで意識が混濁《こんだく》していく。呼吸さえままならなくなり、私は修二の背中にすがりついて爪を立ててしまった。

「……出すよ」

その言葉の意味を追う前に、修二の腰の動きがさらに激しくなる。今まで味わったことのない絶頂に向かって、二人で進み出した。喘《あえ》ぎ声すら途切れ途切れで、もう悲鳴みたいな声しか出ない。嵐にも似た激しい快楽に溺《おぼ》れる。二人して夢中で求め合い、絶頂よりももっと先を目指した。

「あ……っ、――っ、あぁ……！　あぁんっ――」

最奥にぐっと挿《さ》し込《こ》まれたあと、そのまま彼の動きが止まった。

中でビクビクと震えているのが伝わって、全てを注ぎ込まれたことに気がつく。私はそれを零《こぼ》すことのないように全部受け止めた。

「……ミカ、愛してる」

甘い愛の言葉をもらった私は、幸せに満ち溢《あふ》れた笑顔で彼に微笑《ほほえ》んだ。

エピローグ

五月二十五日。美嘉の誕生日、そして修二と美嘉の結婚記念日。今の私たちの誕生日や結婚記念日とは別の日ではあるけれど、今日は特別な日だ。

いつも通り出社した私が東常務宛てのアポイントの連絡や他部署からの面談依頼などのスケジュール管理をしていると、ふいに内線が鳴った。

「はい、秘書課、不破です」

『あ――、僕だ』

うちの旦那さまは、いつもは一人称が俺なのに、仕事モードになると僕に変わる。そんなところに胸をときめかせているなんて周りの人に悟《さと》られないように、私は気を引き締めた。

「お疲れさまです。結城にご用ですか？　今、生憎《あいにく》席を外しておりますが――」

朝から体調が悪いと言っていた結城さんは、お手洗いに行くといって、数分前に席を立っていた。

『いや、君に用がある』

「私に、ですか？」

修二の秘書から担当が外れて数ヵ月経った。ほとんど仕事を共にしなくなったので、以前のように何かを言づけられることはなくなっている。

珍しいなと驚いていると、修二が話を続けた。

『今日は早く帰れそうだ。二人で行きたいところがあるから、一緒に帰ろう』

私たちが夫婦なのは周りに隠していないものの、堂々と一緒に帰ったことなどこれまでない。

まさか内線でこんなことを言われるなんて想像していなかった。驚いていると、プライベートのスマホに何度か連絡したが返事が返ってこないので内線に連絡したのだ、と付け加えられる。

「分かりました」

早くに連絡しておかないと仕事の調整に困るだろうと、彼はわざわざ連絡してくれたらしい。

珍しい誘いに心を躍らせつつ、私は早々に仕事を片付けられるよう段取りをつけていく。

約束の時間に退勤して、会社一階のエントランスから外に出ると、修二が私を待っていた。

「お待たせ。待った？」

「大丈夫、今来たところだから」

そのまま二人で並んで歩いていると、村上さんの働いていたコンビニの看板が目についた。

「そういえば、最近村上さん見かけないね」

あの一件以来、コンビニで彼女の姿を見かけない。結城さんも見に行っているようだが、姿を見ないと言っていた。辞めてしまったのだろうか。

「しばらく彼女の動向を見てもらっていたけれど、もうこの辺りにはいないみたいだ。ちゃんと話したことで納得してくれたんだろう」

危害を加えられないか、彼はあるところに依頼して調査を続けていたらしい。もうそれも終わりにしようと思っていると話してくれた。

彼女は攻撃的なことばかり言っていたものの、何かしたかったわけじゃない。ただ修二のことが好きだっただけなのだろう。

なりふり構わずぶつかっていくところは、少し前の私に似ていると思う。

「誰かの代わりになろうとするのではなく、今度こそは幸せな恋をしてほしいね」

「そうだな」

村上さんに本当の幸せが訪れることを祈りながら、私たちは目的の場所へ向かった。

行き先は、新興住宅地を抜けた先の高台にある霊園。街並みが見下ろせる見晴らしのいいその場所に、不破美嘉と書かれているお墓があった。

墓石は綺麗に手入れされていて、花が飾ってある。私の好きなオレンジ色の花がたくさん飾ってあることに胸が熱くなった。

「ここは……私の、お墓？」

「そうだ。当時はお金がなくてすぐに建てられなかったんだけど、働くようになってここに建てた」

私が成仏《じょうぶつ》せずに修二の傍《そば》にいた頃は、修二と美嘉の住むマンションに骨壺が置かれたままでお墓がなかったことを思い出す。

「美嘉の両親にお金を出すって言われたんだけど、どうしても俺の金で建てたいって頼み込んだ。美嘉にできることは、全部俺がしてあげたくて」

早くにいなくなってしまった妻に少しでも何かしてあげたいと、彼が両親からの援助に頼らず立派な墓を建ててくれたことに嬉しくなる。

「……ありがとう」

「この花飾ってくれたの、きっと美嘉のお母さんだな。今日、美嘉の誕生日だから」

「もし生きていたら、四十三歳か〜っ」

「しみじみ言わないでくれる？　俺もだから」

ははは、と顔を見合わせて微笑《ほほえ》み合う。もしあのまま生きていて結婚生活を続けていたら、どんな夫婦になっていたんだろう？

今の私たちみたいに、仲良くしていたのかな？

離れていても、傍《そば》にいても、私はきっと変わらない。

何度も彼に恋をするし、愛し続ける自信がある。これからも彼の隣にいられることを当たり前だと感じず、いつも感謝しながら生きていきたい。

そう思っていると、ふいに修二が口を開いた。

「ちょっと待ってて」

急に何を言い出すんだろうと思っているうちに、彼は墓石を動かし納骨室に手を入れる。

「え……？　何、なに？　どうしたの？」

「確か、この辺に……。あ、あった」

まさか納骨室から骨壺を出すつもりかと焦《あせ》っていると、修二は奥から小さな何かを取り出した。

「これ。見覚えあるだろう？」

「これ……！」

生前にしていた結婚指輪。修二がつけ続けていた指輪のペアだ。

あの当時流行したこのラブリングは、シンプルながらアクセントのあるデザインのものだった。

私の好きなアーティストがつけているのを見て、結婚指輪は絶対あれがいいとおねだりしたことを思い出す。

まだ学生で、アルバイトで生計を立てていたのに、修二は私に内緒でバイトを増やし、貯金してこれを買ってくれたのだ。

「火葬する時に、そのまま入れようかと思ったんだけど、燃やしたくなくて。こうして取っておいたんだ」

懐かしいリングを受け取り、涙が溢《あふ》れる。

修二はどこまで愛情が深いのだろう。いつまでも大事に思ってくれたことが心に染みて、涙が止まらない。

「修ちゃん。……もう一度私につけてくれる？」

「いいよ」

私たちが二度目の結婚をする時に新しく買ったリングに重ねづけしてと、彼に左手を差し出す。

まさか自分のお墓の前で指輪を嵌《は》めてもらう日が来るなんて思わなかった。そんなシチュエーションが気にならないくらい感激している。

「私、生まれてきてよかった。修ちゃんをもう一度愛せて、すごく幸せだよ」

「俺も。ミカとこうして二回も恋ができて幸せだ。前にできなかったことを、これからたくさんしていこう」

「うん」

修二の手にも同じリングをつけて、二重のリングが美しく輝く。それは、二人の絆《きずな》の強さを表すように、いつまでも眩《まばゆ》いほど輝いていた。

番外編　おじさんの恋愛事情

結婚を決めてからというもの、俺——不破修二と未華子はプラトニックな関係のまま過ごしていた。新婚初夜ですら手を出さず、清い関係を貫《つらぬ》いてきたのにはわけがある。

齋藤未華子は美嘉だと言った。信じられずにいたけれど、きっと本当なのだろう。

俺たちの会話は成立するし、大学時代の友人のことも知っている様子なので、間違いないと断定できる。

元嫁の美嘉と再び結婚しただけのこと——

そう思うようにしているのに、目の前にいるのは美嘉と似ても似つかない小柄の女性。自分は四十歳を超えたいい大人なのに、妻は二十代前半で若い。

彼女が俺以外の男を知らず、純粋に俺だけを想っていてくれたことは、とても嬉しく思う。

しかし、本当にそれでいいのかと心配になるのだ。彼女には彼女の新しい人生があったはずで、また俺と一緒にならなくてもいいのでは、と。

覚悟を決めて結婚したものの、いざその場面に出くわした時には心が揺れてしまった。だから手を出さずにいたのに——

あまりにも彼女がまっすぐだから、ごまかせない。好きだと気持ちをぶつけられるたび、どうしようもなく可愛がりたくなる。

俺だけのものにして、誰からも見えないところに閉じ込めて愛《め》でたい。そんな子どもじみた感情を抱く。

それができたらどれだけいいか。

そんなことできるわけないと、良識のある大人な部分の俺がその考えを制するのだ。

そのせいで俺は、初めて彼女を抱いた時から毎回、避妊を忘れなかった。

万が一できてしまったら、取り返しのつかないことになる。俺が先に死んだあと、若くて美しい未華子ならやり直しがきくかもしれないのに、子どもがいたら一生縛られることになるし、余計な苦労をかける。

夫婦にはなっても子どもは持たず、俺たち二人だけの生活を送っていけばいい――そう思っていたのに。

∞　∞　∞

とある一件から一ヵ月が経った頃。

もう気持ちを隠さないと決めた俺は遠慮せずに未華子を愛するようになっていた。おかげで俺たちは喧嘩することなく幸せな新婚生活を送っている。

毎朝早い時間に起きる俺は、まだ眠る可愛い妻の寝顔を眺《なが》める。

化粧をしていると大人の女性に見える彼女は、すっぴんだと十代に間違えるほど若く見えた。そのあどけない寝顔もとても可愛くて、見ているだけで癒《いや》されるのだ。

それからベッドを抜けて支度をしたあとトレーニングウェアに着替えて、家の近くのランニングコースを走る。一時間くらい走って軽く汗をかき、家に戻ってシャワーを浴びるのが日課だ。その頃には未華子も目を覚ましていて、朝食の準備を済ませてくれている。

それから会話を楽しみつつ朝食を済ませ、一緒に家を出て同じ電車で通勤。会社の近くで別れて、未華子が先に出社し、俺が少し遅れて出社する。

夫婦だから一緒に出勤してもいいのだが――この年で新婚の妻と出勤するなんて、痛いおじさんだと思われかねない。……いや、絶対思われるだろうな。なので、自粛している。

お互い同じフロアで働いているものの、未華子は東常務の担当だし、俺は結城さんと一緒に仕事をしているので、勤務時間中はあまり顔を合わせることがない。

ところが、今日はたまたま会社で未華子を見つけた。

東常務の訪問者の対応をしているらしく、彼女はオープンスペースになっている応接間でスーツを着た男性と話していた。うちの会社のものとは違う社員証をぶらさげているその男性は、二十代後半くらいの青年。短髪の髪がよく似合う体格のいい爽《さわ》やかな男だ。

笑顔で対応している未華子を女性として意識をしているようで、明らかに男の顔が緩《ゆる》みまくっているのが分かる。

――あれは、完全に惚《ほ》れているだろう。

未華子の可愛らしさの中には、綺麗さが見事に調和している。ヘアスタイルも着ているものも、清潔感と気品に溢《あふ》れた女性らしさが出ていた。

その上、この若さでしっかりと仕事をこなす真面目な性格だ。社内外を問わず彼女の評価は高く、彼が好感を持つのも頷《うなず》けるのだが……

あの男は仕事の話の合間にどうやって私情を挟もうか、考えているみたいに見える。そんな疑いの眼差《まなざ》しを向けるのはよくないと思う一方、男だから勘づいてしまうのだ。

「あの、不破さん。……これ、僕のプライベートの携帯番号です。もしよかったら、今度一緒に食事に行ってもらえませんか？」

「え……？」

「僕、最近仕事について悩んでいまして。不破さんは、入社早々に異動願いを出し努力して秘書になられたのだと耳にしました。僕は営業に向いていない気がして……不破さんと同じように異動願いを出そうかと悩んでいるんです。だから相談に乗ってもらいたくて」

そんな話は同じ会社の奴にしろよ、と心の中で悪態をつく。未華子には全く関係のない話だし、相談する相手も間違っている。

これは彼女を誘う口実にすぎないし、食事に行って酒を飲ませ、そのまま深い関係になろうとしているところまで行動が読める。……はぁ、バカバカしい。

俺はため息をついた。

いくらオープンスペースに二人がいるからといって、いつまでも盗み聞きしているのはよくない。誰かに見つかれば、妻と男が一緒にいるところを覗いている嫉妬《しっと》深く心の狭い夫だと思われる。

このまま立ち去ろうと考えている一方で、未華子がどう答えるかまで見届けたい。

「……私、結婚しているんです。旦那以外の男性と二人きりで出かけるなんてできません」

「え……っ、結婚されているんですか？」

え、じゃないだろう。未華子の指には指輪が嵌《はま》っているじゃないか。まぁ、未華子の年齢で結婚しているほうが珍しいし、驚くのも無理はない。

しかし結婚まで考えが及ばなくても、左手の薬指に指輪が嵌《はま》っているのなら、恋人がいるのだと気がつかないのか。恋人がいる女性を口説《くど》こうなんて、彼は若い。俺なら指輪を見ただけで、あれこれ悩んですぐに諦める。

人の物を盗ってまで自分のものにしようという考えには及ばない。

これは性格なのか、それとも年のせいなのか。

「旦那さんはどんな人なんですか？　同じ年くらいの人ですか？」

「そう……ですね。年上なんです」

「年上って？　いくつなんですか？」

おいおい……。結構食いついてくるじゃないか。年齢の話はあまりしてほしくないんだけどな……と思っていると、未華子は躊躇《ためら》うことなく話を続けた。

「四十二歳です。とっても素敵な人で、私からプロポーズして結婚してもらいました」

幸せオーラを放ちまくって微笑《ほほえ》む未華子に、男性は圧倒されている。けれど顔をひきつらせながらも、まだ諦めず話を続けた。

「……でも、そんなに年が離れていると、話とか合わなくないですか？　僕、会社のそのくらいの年齢の人たちのテンションについていけなくて……。やたらバブリーな感じっていうんですか？　アレ、苦手なんですよ」

「それってもう少し上の年齢の方じゃないですか？　四十代前半の人って、バブル崩壊したあと社会に出ているので、そこまでバブル期を味わっていないと思います。ちょっと違いますね」

「……よくご存じですね」

そりゃそうだ。未華子は未華子であるけど、中身は美嘉だ。俺と同じ四十二年前の記憶を持っている。だから当時がどんなふうだったかなどに詳しいし、俺たちの年代に流行《はや》った歌とかもよく知っていた。

「とにかく、旦那以外の男性と一緒に食事をすることはできませんので、せっかくですが、ごめんなさい」

「……そんなおじさんと結婚して、満足してます？」

彼の言葉の最後に「いろいろと」という言葉が聞こえた気がした。どういう意味だと聞き返したいものの、正にそういう意味だろう。

オブラートに包んでいるが、「セックスに満足しているのか？」と聞いていると受け取れる。

確かに君くらいの年齢の男と比べたら、負けているところもあるだろう。昔みたいに一晩に何度も——というわけにはいかない。それなりに体力が落ちてきていることは、自分が一番よく分かっている。

だから食事を節制して、なるべく運動もするように心がけているのだ。そうやって若さを維持する努力をして……

「心配していただくようなことはありませんよ。彼……凄《すご》いんです。私、彼じゃないと満足できないようになってしまって」

うふふ、とハートを飛ばしているみたいな幸せいっぱいの笑みを浮かべて、未華子は立ち上がった。

「では、私はこれで失礼いたします。東常務にはこちらのパンフレットをお渡ししておきますね」

「あ。…………ハイ」

凄《すご》いって、何がどう凄《すご》いんだろう……そう考えて、めくるめく妄想をしている様子の彼を置いて、未華子は歩き出した。

「……ったく。やってられない。何なの、あの人！」

いつになく感情を露《あらわ》にしている彼女は、プリプリと怒りながらこちらに向かってくる。ブツブツと俺の代わりに男に対して怒ってくれていた。

「ミカ」

「え……？」

俺の近くに来たところで、彼女の腕を掴む。そして傍《そば》にあった空き部屋に入り、ブラインドを勢いよく下ろした。

「修ちゃん……どうしたの？」

「ん？　何でもないよ」

何でもないわけがない。薄暗い部屋に連れ込まれて、そのまま壁に追いやられたら、誰だってどうしたのか聞きたくなるだろう。

突然の旦那の変貌《へんぼう》に驚きを隠せない未華子は、戸惑《とまど》いの眼差《まなざ》しで俺を見つめてくる。

自分を口説《くど》いている男に、俺は素敵だと断言してくれる、この愛《いと》おしい人を可愛がりたい。

仕事中にもかかわらず、こんなところに連れ込んで……俺らしくない、大人げない。そう思うのに、今は未華子を感じたかった。

細くて小さい体を包み込むように抱き締めて、彼女の柔らかい髪に顔を埋《うず》める。女性らしい甘い香りに包まれると、先ほどまでの騒いでいた心が落ち着いていった。

「ミカ、好きだよ」

「……修ちゃん？」

「ちょっとだけ……好きにしてもいい？」

タイトなスカートを穿《は》いたお尻を一撫《な》でですると、未華子の体がビクンと跳ねる。

「ちょっとだけ……だよ。誰か来ちゃうかもしれない、でしょ……」

「誰も来なかったら、どこまでもしていい？」

「…………もう」

恥ずかしそうに困った顔をする未華子が可愛いから、困らせるようなことを言いたくなる。

スーツの上から体のラインを撫《な》で、くちびるを重ねた。

「ぁ……グロスがついちゃう。……ン、……ん、ぅ……修ちゃん」

そんなことは気にせずに、未華子の柔らかいくちびるに何度もキスを続ける。今すぐ体を繋げたくなる情熱的なキスをしながら、二人の隙間がないくらい強く抱き締め合った。

「……エッチなキスできるようになったな。ミカ、上手だよ」

「ほんと……？　上手に、できてる……？」

いやらしい音を立てて舌を絡ませるキスをしつつ、息継ぎの間に言葉を交わす。二人の息が上がり、体も熱くなってきた。

このまま……ミカを抱きたい。今すぐ欲しい。

そんな欲求を抱いて未華子とキスを交わしているものの、もうそろそろ戻らないといけない。長い間デスクを離れていると、秘書に心配をかける。

「さ。戻ろうか」

濡《ぬ》れたくちびるを指で拭《ぬぐ》ってやると、未華子はとろんとした瞳で俺を見つめてきた。

「……こんなに熱くしておいて、すぐに行っちゃうなんてズルいよ。夜まで我慢できないかもしれない」

「じゃあ今日は、二人とも早く帰ろうか」

「……うん」

名残惜《なごりお》しさを感じながらもう一度キスをして、俺たちは部屋をあとにした。

その日の帰宅後。

「修ちゃん……ダメ……っ、もう、ぁ……」

「ダメだ、逃がさない」

ネイビーのスーツに身を包んだ未華子は、ベッドの上で逃げようともがく。タイトスカートに覆《おお》われたヒップラインは美しく、捲《まく》れたスカートの裾からは悩ましげな太ももが見えた。

タイトなストッキングの上から太ももをなぞってみると、彼女の体が大きく跳ねる。

「こんな胸元を強調するような色っぽい服を着て、あの男を誘っていたんじゃないのか？」

「あの男、って……？」

「昼間にミカを口説《くど》いていた男だよ」

昼間に見た、若い男と未華子とのやりとり。彼女は全く相手にしていなかったが——相手は構わず口説《くど》き続けていた。

男の視線をものともせず、秘書としての仕事を全《まっと》うする彼女の姿は凛《りん》としていて魅力的だ。この女性が俺のものだと思うたびに、腕の中にしまい込みたくなって仕方ない。

その欲求に抗《あらが》えず、あの時は空き部屋に連れ込んでしまったというわけだ。

キスだけで止まれて本当によかった。理性が崩れそうになって、何度その場で抱いてしまいたくなったことか。

夜まで待てない――そんなに焦《あせ》らなくてもいいはずなのに、早急に彼女を欲していた。

「修、ちゃん……見ていたの？」

「ああ、見てた。通りかかったら、ミカとあの男が話しているのが見えて」

未華子に覆《おお》いかぶさり、キスをしながらジャケットを脱がす。上品なベビーピンクのシャツのボタンを外していくと、ふっくらとした谷間と黒のブラジャーが見えた。

「口説《くど》かれていたよな？」

「……口説《くど》かれて……た、のかな……？」

吸いつくようにくちびるを寄せ、未華子の肌を味わう。

柔らかくて甘くて、吸い寄せられ離れられなくなる、魅力的な体。

くちびるを寄せている間にも、そのきめ細かい白い肌は少しずつ紅潮していった。

「からかわれて……いただけかも」

「違うだろう」

「……キスして」

はぐらかされたのかなと思いつつ、彼女の望み通り頬に手を添えて口づける。くちびるの柔らかさを味わい、最初は軽く。そして目を瞑《つむ》った未華子の顔を満足するまで見たあと、長く、そして深く。

「ん……ぅ……」

心の底から俺のキスを喜び、もっと欲しいとねだるように背中に手を回す彼女の仕草が、たまらない。行動一つ一つに愛を感じて、そのたびに胸が熱くなる。

誰にも渡したくない。

既婚者だということがマイナスにならず、むしろ魅力を増しているのが厄介だ。意識せずにいられないほど色気に満ちた彼女にまんまとはまる男を見て、俺は嫉妬《しっと》を隠せない。

ミカは俺のものだ。

我ながら子どもじみていると思うけれど、頭でどうこう考えるのはやめた。

想いを隠すことはもうしない。欲しいと思った気持ちをそのままぶつけても、未華子はきっと受け止めてくれる。

ふと、黒の下着におさまった豊満な胸が少し窮屈《きゅうくつ》そうに見えた。この美しいバストラインを見ていたい気もするが、触れたい欲のほうが勝り、すぐにホックを外す。

「あ……っ」

ブラを外されただけで声を出した未華子は、恥ずかしそうに口を押さえる。

「押さえないで。声が聞きたい」

華奢《きゃしゃ》な手にくちびるを寄せて、外していく。ベッドの上に縫《ぬ》い付《つ》けるように掴まえて、可愛い妻を拘束した。

「いつ見ても、綺麗な胸だ。もう硬くなっているみたいだけど……興奮した？」

柔らかいのに押し返してくる弾力のあるバスト。ずっと触れていたくなる感触に酔いながら、じっと熱く見つめた。

男たちが未華子のスタイルに夢中になるのも無理はない。

小さくて華奢《きゃしゃ》なくせに、ここだけは豊かに育った——女性らしいボディラインをしていることは、スーツ越しにも分かるだろう。

そして脱がせると、その想像を遥《はる》かに超えているのだ。男を虜《とりこ》にするそんな体で、一生懸命俺を誘惑してくる。

自分がどれだけ魅力的なのか自覚がなく、体当たりで不器用。そこがいい。

「うん……興奮した。修ちゃんに触ってほしくて」

伏し目がちにそう呟《つぶや》いて、照れていることを隠すように彼女は顔を背《そむ》けた。

「そうか。可愛い乳首だな。たっぷり可愛がってあげる」

「……あぁっ！」

ピンと張り詰めた小さな尖《とが》りに吸いつくと、彼女の体がぐっと反《そ》る。こんなのはまだはじまりにすぎない。逃がさないように吸いついて、舌で転がした。

「あっ、ん……。あぁ、……っ」

その間に手を下に進ませ、スカートを捲《まく》り上《あ》げていく。タイトなストッキングのおかげで撫《な》でやすいツルツルの太ももを撫《な》でて、足を開けるように促《うなが》した。

「んんっ——」

未華子の胸に顔を埋《うず》め、足の付け根を撫《な》で回《まわ》す。そのたびにビクビクと彼女の体が揺れた。感じているらしいその反応に、ついしつこく攻める。

そんなことばかりするから「修ちゃんのエッチ」と怒られてしまうのだが、その顔も可愛いせいで止められない。

「もしかして、あれからずっとしたいままだった？」

昼間の空き部屋での出来事を思い出す。会社の中なのにあんなふうに淫《みだ》らなキスに溺《おぼ》れて、お互いに体を昂《たか》ぶらせていた。会社でなければ、あのまま体を繋げていたかもしれない。

「ミカのここ……すごく熱いよ」

「ああっ、そ、んな……こと……」

「あるだろう？　触って確かめてみるよ」

「ああ……！」

ストッキングを脱がせて、足を持ち上げる。ふっくらと膨《ふく》らんだ秘めた部分を指で擦《こす》ってみると、じわっと蜜が染みてきた。

「ほら……もう濡《ぬ》れているじゃないか。これは今濡《ぬ》れたものじゃないよな？」

「う……」

「下着にべったりとついてるみたいだけど……こんな状態で仕事していたの？」

そんなの、違う……と未華子は涙目で俺に訴えかけてくる。

けれど、それは逆効果だ。その目から答えが分かる。そんな状態で否定してくるところもいい。ますますいじめたくなる。

「素直に言ってくれたら、ぐちゃぐちゃのここを可愛がってあげるんだけど」

「そんな……」

クロッチ部分の端をなぞって、指が中に入るか入らないかの状態を保ち続けた。素直に答えれば、このまま中を直接触ってあげる――そんな意地悪を繰り返していると、未華子が小さく口を開く。

「……っ、そ……だよ」

「ん？　何。どうしたの？」

「修ちゃんの、言う通り……仕事中も、ずっとシたかった……」

とろとろの表情でそんなことを言うとは、どこまでも可愛いな。可愛いって言葉じゃ足りないくらい愛《いと》おしい。

「だから……触って？」

「仕方ないな」

若くて可愛い妻が俺に抱かれたくてたまらない状態で仕事をしていたと想像しただけでぐっとくる。未華子と同じくらい、俺もずっと焦《こ》がれていた。

「あぁ……っ、修……ちゃ……」

指を中に忍ばせ、蜜で溢《あふ》れた表面を撫《な》でる。指を行ったり来たりさせると、粘着質な蜜音が止まらなくなった。

「あーあ。こんなに濡《ぬ》らして。いけない子だな」

「だ、って……」

「だってじゃない。こんな状態で仕事なんてできないだろう」

そのまま彼女の中に指を挿入していく。ずぶぶ……と全てを呑み込んだ中が、ぎゅっと俺の指を締めつけた。熱くなったそこは、早くどうにかしてほしいと訴えかけている。

「誰にも気づかれなかった？　ミカがこんなに濡《ぬ》れてたこと」

「……た、ぶん……」

「多分じゃ心配だな。ミカがこんなにエッチだってこと、俺しか知らなくていいのに」

中を掻《か》き回すように指を動かすと、じゅぶじゅぶと音を立てて蜜が垂れていく。俺にしがみついている未華子は、耳元で荒い呼吸と甘い声を上げた。

「あ……あぁ……っ、気持ち、いい……」

「ここだな？」

「ぁ、う……っ、ダメ……そこ……っ」

腰を上げて悦《よろこ》んでいるくせにダメだなんて。そんなわけないだろう。そこばかり攻め立てると、未華子の体が強張《こわば》り始めた。

彼女が昇っていこうとしていることに気がつき、気持ちいい場所を外さないよう他の場所も一緒に愛す。耳を舐《な》めたり胸を舐《な》めたりしながら、徹底的に追い詰めていった。

「も……ダメ……わ、たし……ッ」

「イッていいよ。見ていてあげるから」

シーツを握り締めた未華子は、顎《あご》を反《そ》らして昇り詰める。声も出ないほど感じていたようで、彼女はその後ぐったりとベッドに体を沈めた。

「……はぁ、はぁ……」

「まだまだなんだけどな」

「……え？」

指を抜いた場所に顔を近づけて、溢《あふ》れた蜜を舐《な》め上げていく。媚肉を舌で割って中まで入れ込み、隅々《すみずみ》まで愛した。

「あ……そんな……っ、お風呂、入ってないのに……！」

「大丈夫。気にしないから」

「私が、気にする……ってば……ぁ、ああっ！」

閉じようとする足を阻止して舌戯を続け、しつこいくらいに舐《な》めて蕾《つぼみ》を転がす。太ももをがっちりとホールドしつつ、もう一度昇り詰めるまで攻めた。

「……修ちゃんって、ほんと、エッチ……」

「それは褒め言葉？」

「そういう……わけじゃないんだけど……」

自分だけ何度も達してしまって不貞腐《ふてくさ》れている未華子は、悔しそうにそう呟《つぶや》く。そんな様子を見つつ、俺はスーツを脱いで最後の準備に取りかかった。

最近は全く避妊しなくなっている。

下着を脱ぐとすぐに未華子の体に近づき、そのままの状態で中に入り始めた。

「力抜いて」

準備が整っている未華子の入り口を少し擽《くすぐ》ったあと、ゆっくりと中に押し入っていく。何度かするうちにだんだん俺の形に馴染《なじ》んできたものの、未華子のここはまだ狭い。全部入れるだけで絞り取られそうなほどの締めつけに、すぐに持っていかれそうになる。

「修ちゃん……」

その上、彼女は頬を赤くしながら蕩《とろ》けた顔で見つめてくる。その顔は反則だ。理性を崩壊させて本能のままめちゃくちゃにしたくなってしまうじゃないか。

何度も我を失いそうになりつつも、気を奮《ふる》い立《た》たせて理性を保つ。

ゆっくりと未華子の様子を窺《うかが》い、彼女が気持ちよくなれるようにしていった。

「ねぇ、修ちゃん。あのね……やってみたいことがあるんだけど」

「……何？」

「私、上になってみてもいい？」

「いいよ、おいで」

何を言われるのかと思いきや、そんなことだったとは。上になってもらうのは、全然構わないが……いや、それはマズいかもしれない。

仰向けになった俺の上に跨《またが》り、未華子は自分で俺のものを埋めていく。眼福とは正にこのこと、下からの妻の眺《なが》めは最高で、危機的状況になってしまった。

「ん……っ、何だか……いつもと深さが違う……みたい」

「ああ、そうだな」

入り方が違うのもそうだが、未華子の美しい体が全部見えるのが本当によくない。興奮がさらに加速して、下半身に熱が集まっていくのが分かる。

「あ……っ、何だか、いつもより……大きく感じる気がする。私、動けるかな……」

気がするのではなくて、本当にそうなっている。しかも不用心に足を開くから、繋がっている場所が丸見えじゃないか。そんな格好、誰がしていいと……！

「動いてみるね……。んっ……はぁ……」

彼女が上下に腰を動かし始めると、二人の繋がっている場所がより鮮明に見える。抜けそうなほどに引き抜いたかと思えば、もうこれ以上入らないと思うほど肌と肌が密着するまで埋め込まれた。

そこは愛液を垂らしてとても卑猥《ひわい》な状態になっているし、未華子の形のいい胸は揺れている。こんなところを見せつけられて、我慢など到底できるわけない。すぐにでも全部出したいくらい気持ちよくて、おかしくなりそうだ。

「もっと腰を使って。俺のが欲しいんだろう？　いいところに当ててみなさい」

「あ……あぁん……っ。そんな、ことしたら……すぐにイッちゃう……」

「イッてもいいから、やってみて」

俺のほうが余裕をなくしているくせに、主導権だけは譲らない。未華子は俺がこんなに切羽詰《せっぱつ》まっていることなど気づいていないだろう。

劣情を隠してじっと見つめていると、彼女は素直に頷《うなず》いた。そして自《みずか》らの腰を回して気持ちのいい場所を探《さぐ》る。ぎこちない動きが、少しずつリズミカルになっていく。しばらくして、よい場所に当たったのか、彼女はビクッと体を震わせた。

「あ……ッ、ふ……」

「ここか」

「や、――っ、ダメ。ちが……」

ビクビクと痙攣《けいれん》したまま動けなくなってしまった未華子は、首を横に振る。そんなふうにしたって無駄だ。そこがいいのだと隠せていない。

「違うなら、ここに当てても？」

「あっ！　あぁ……！　修ちゃ……ッ」

美しい曲線を描く腰に手を添えて、下から容赦《ようしゃ》なく突き上げる。未華子は涙目になって止めてほしいと懇願《こんがん》するものの、それを無視していい場所を刺激し続けた。

「あれ？　おかしいな。ここがいい場所じゃないんだ。だったら当てても問題ないはずだろう？」

「ぁ、ちが……っ、けど……ぁ、ん……っ。そこ……ダメ……ッ、それ以上……あぁ」

「それ以上、何？」

「ぁ……っ、壊れ、そ……っ、気持ち、いい、から……ぁ……っ」

あーあ。そんなふうに喘《あえ》いで……とろとろに溶けた顔でそんなことを言っても、もっとしてほしいって言っているようなものなのに。

そんなところがとても愛《いと》おしくて、可愛くて、もっともっと愛したくなる。泣かせるほど気持ちよくさせたくなる。

「じゃあ、もっとここに当てていいね？」

「あ、あ……ぁっ」

いいとも悪いとも言えないほどに感じている未華子を見て、俺は腰の動きを激しくしていく。いつ出てもおかしくないほど気持ちいいけど、まだだ。もっとぐちゃぐちゃにしてからじゃないと終われない。

俺に揺さぶられるたびに揺れる胸を掴み、ぷっくりと膨《ふく》らんだ乳首を指で捏《こ》ねる。上も下も愛されて、未華子の意識はいつ飛んでもおかしくないくらいになっているようだ。

「俺の奥さんは可愛いな。こんなに感じてしまって」

今にも泣きそうになっているところがすごく好きだ。いつもの無邪気《むじゃき》な未華子も可愛いが、今みたいにぐずぐずになっているところもいい。

昼間からずっと飢えていた体を繋げて、俺は未華子を昇らせていく。

「ほら、イッていいよ。いっぱい出してごらん」

「ん……、ん……！」

中の締めつけが強くなる。そのまま持っていかれそうになるのを必死に堪《こら》えて最奥まで突き上げていると、膣内のヒクつきが激しくなった。俺はとことん彼女を追い詰める。すると彼女は、中から噴き出すほど愛液を飛ばして昇り詰めた。

「も……やだぁ……」

「どうして？　ものすごく可愛かったよ」

くたっと力を抜いて俺に抱きついてきた体を抱き締めて、その頭を撫《な》でる。そのままベッドに横になり側臥位《そくがい》になると、彼女を後ろから包み込んだ。

「私ばっかり気持ちよくなってる気がする……」

「大丈夫だよ、俺もすごく気持ちいいから」

「……ほんと？」

熱が冷めない体を撫《な》でつつ、恥ずかしがる未華子を宥《なだ》める。そして、まだ繋がったままの場所をゆっくりと動かした。

「いつも修ちゃんは、クールだし……私ばかり感じてるみたいで恥ずかしい」

「クールなんかじゃないよ」

「そうかなぁ……」

クールなわけないだろう。頭の中ではいつもギリギリで、未華子に集中したらすぐに飛びそうになる。それを必死で我慢しているのだ。

「おしゃべりはいいから、今は俺に集中して」

ふるふると揺れるハリのあるお尻を見つつ、腰を打ちつける。いつもと違う場所に当たるようで、未華子は体を震わせ甘い声を上げた。

「ここ、気持ちいい？」

「あ、あぁ……っ、気持ち、いい……」

「そう。よかった。じゃあ、もっと気持ちよくしてあげる」

肉体で感じる快感のさらなる上を目指して、未華子の足の間に自分の足を入れ込み、ぐっと大きく広げる。繋がっている場所近くに手を持っていき、花芯を弄《いじ》った。

「……ああ、もう。ここも硬くなっているじゃないか」

「ひゃ……あっ、んんっ……ダメ、触っちゃ……！　ああん！」

指の腹で一撫《ひとな》でするだけで、中がぎゅっと締まる。

これはマズいなと思うけれど、それだけ感じてくれているのだと伝わってくるので、やめられない。もう全部持っていかれてもいいと覚悟を決めて、抽送を速めることにした。

「ナカがすごく痙攣《けいれん》してる。そんなに気持ちいいんだ？　可愛いな、ミカは」

「わ……たし、おかしく……なっちゃうよ……ああっ、修ちゃん……」

「おかしくなっていいよ。どんなミカも全部好きだから」

熱くなっている未華子の首筋に噛みつくようにキスをしつつ、二人で昇っていく。何も考えられないほど一心不乱に腰を揺らして、快感と幸せに満ちた高みを目指した。

「あ、ぁ……っ、ん――。もう、ダメ……」

「俺もイキそう。ミカ、出すよ。――っ」

乱暴なほど激しく腰を打ちつけ、揺れ続ける胸を撫《な》でる。そして最奥にぐっと挿し込んだあと、溢《あふ》れ出《で》る欲望のままに全てを注ぎ込んだ。

「……っ、はぁ……はぁ……」

ドクドクと熱が流れ込んでいく。その間もずっと強く締めつけている中は熱く、もっと欲しいとうねっているように感じた。

「修ちゃん」

しばらく経って呼吸が整ってきた頃、未華子が俺に微笑《ほほえ》む。

「大好きだよ」

「……俺も」

そう答えると、未華子はまた嬉しそうにした。体勢を変えて俺の体に抱きつき、ぐりぐりと頬を擦《こす》りつける。

こんなに愛されていると感じるのに、俺にはまだ不安が残っている。

昼間の青年が言った言葉。

――そんなおじさんと結婚して、満足してます？

生活に満足しているのか、愛情に満足しているのか、セックスに満足しているのか。どれを指しているのか分からないが、未華子を満足させてあげられているのか心配になる。

「……満足できてる？」

「え？」

「あ、いや。今のは忘れて」

本人に「満足しているか？」なんて聞いてどうする。もし満足していなくても、未華子が不満など言うわけがない。きっと「そんなことないよ」と言ってくれるだけだ。

「……それも聞いてたの？」

図星をつかれて、ビクッと体が揺れる。……バレてる。

「あの時言ったでしょ？『……私、彼じゃないと満足できないようになってしまった』って。修ちゃんじゃないと満足できないの。今も、昔も」

「でも俺としかしていないから、他を知らないだけじゃ……」

「知らなくていい。修ちゃんと一緒にいることが、私の幸せだから。他の人とじゃ満たされない」

どこまでもまっすぐな愛で俺の不安を吹き飛ばしてくれる彼女。

こんなちっぽけなことでひっかかっている俺って、器《うつわ》が小さいのか？　大人ならもっと大きく構えておくべきか。

「ちょっとでも不安になってくれたんだ。嬉しい」

「……嬉しい？」

「修ちゃんにヤキモチ焼かれるのとか、嬉しいんだよ。あぁ、私のこと好きだから、そんなふうに思ってくれてるんだーって」

いつになく上機嫌な未華子は、俺に抱きついたまま、胸を押し当てて足を絡ませてくる。どうやらこの一連の出来事は、妻を喜ばせることになったようだ。

それなら結果オーライなのかもしれないなと思いつつ、俺は未華子からのキスの嵐を受け止めた。

∞　∞　∞

——翌週。

会社のゴルフコンペが行われることになり、管理職たちが集められた。

社長は大のゴルフ好きで、こうして年に何度かゴルフに誘われる。社内だけにとどまらず、取引先関係者も参加するため、賞品は豪華でペアの海外旅行などが貰えるという。

毎回、せっかくの休日が潰れるので面倒臭いなと思っていたが、今回は妻の未華子も参加しているため、いつもの憂鬱《ゆううつ》な気持ちは薄れていた。とはいえ、彼女はプレイするわけではなく、会場の受付として来ているのだが。

「不破くん、おはよう。新婚生活はどうなの？」

「社長、おはようございます」

結婚式で祝辞をくれた社長に一礼し、挨拶をする。

社長はもうすぐ六十歳になるとは思えない若々しいルックスをした男性だ。それなりに皺《しわ》はあるものの、それすら魅力的に感じさせる男。

こんな年の取り方をしたいと思わせる成功者の余裕をひしひしと感じながら、ゆっくりと頭を上げた。

「おかげさまで順調です」

「そうか。奥さんのいい仕事っぷり、耳にしているよ。若いのに優秀なんだな」

「いえいえ、そんな……」

どこからそんな情報が？　と考えたが、東常務からだろう。未華子はマイペースな東常務のケツを叩いてバリバリ仕事をさせている、と俺の耳にも入ってきていた。まさかあの東常務を上手に手のひらで転がすなんて、大したものだと感心している。

「……で、今日は夫婦揃って参加か。休みの日にすまないね」

「いいえ。今日こそはいい成績を残して帰りたいと思います」

「いい意気込みだな。私も負けてられないな」

軽く会話をして社長と別れ受付のほうを見ると、未華子が他社から来た男性の受付作業をしていた。その姿を上から下まで眺《なが》めて、相変わらず素敵だなと思う。

今日は何だかコンディションがいい気がする。

このゴルフ場のコースは何度か回ったこともあるし、いい線いけそうな予感。何か賞品を持って帰って、未華子を喜ばせよう――。そう意気込んでプレイに臨《のぞ》んだ。

「――で、準優勝の国内温泉旅行が貰えた」

「修ちゃん、凄《すご》すぎる！」

家に帰ってきて、荷物の整理もそこそこに、未華子と俺は頂《いただ》いた旅行券を眺《なが》めて興奮する。

「どうしよう？　ペアの旅行券だけど……行く？」

「行く!!　修ちゃんと旅行だなんて、行くに決まってるじゃない」

「……そ、そう？」

一泊二日の北陸旅行。海沿いのそこは、食事が美味《おい》しいだろうし、温泉街なのでいろいろな温泉に入ることもできる。一ヵ月後の週末が三連休だから、そこで行こうということになった。

「楽しみ～っ。修ちゃんと二人きりで国内旅行なんて初めてだよね？」

「ああ、そうだな。新婚旅行は海外だったし」

結婚式のあとすぐに飛行機に乗り、オーストラリアに行った。

なぜオーストラリアになったかというと、未華子がエアーズロックに行ってみたい、それに加えてコアラを抱っこしたいとリクエストしたのだ。

そんな感じで新婚旅行は本来の目的を全て果たし、旅を満喫《まんきつ》したのだが、あの時はまだ結婚して間もなかった。プラトニックな関係のままだったので、夫婦らしかったかと聞かれると疑問だ。

しかし今回は違う。彼女との親密度も上がっているし、温泉だからゆっくりできる。美味《おい》しいものを食べ温泉に浸《つ》かって日々の疲れを癒《いや》そう。

ウキウキとしている妻を眺《なが》めては、俺はりきった甲斐《かい》があったなと喜ばしく思う。来月までこの楽しみを目標に頑張れそうだ。


――翌月。

新幹線の利用も考えたが、ゆったりと二人の時間を満喫《まんきつ》するべく、北陸には車で向かうことになった。

「連休だから混んでいるかもしれないけど大丈夫？」

「大丈夫！　聞きたい音楽がいっぱいあるから」

「へぇ……」

エンジンをかけて出発するや否《いな》や、未華子はスマホを車のスピーカーに接続して音楽を流し始める。

「イエーイ」

「ええ？　いきなりそんなノリ？」

若者のノリにはついていけないな……と呆《あき》れた瞬間、聞こえてきたのは懐かしい音楽。

これ……俺たちが学生時代に聞いていたものじゃないか？　流れるのは俺たちの好きだったアーティストが洋楽をユーロビート風にカバーをした曲だった。

「随分《ずいぶん》古い曲をかけるんだな」

「懐かしいでしょ？　私、美嘉の時、学祭でこの曲使ってダンスしたんだ」

「ダンス？　へぇ、初耳」

「アレだよ、アレ。……パラパラ」

「パラパラ……！　わぁ、懐かしいな！」

あまりにも懐かしい単語が出てきたせいで、柄にもなく興奮してしまった。ハッと我に返り、小さく咳払いする。

「あの時、すごく流行《はや》っていたもんな」

「そうそう。このアーティストの真似してる女の子ばかりだったよね。もう引退しちゃって……寂しいね」

「寂しいな。俺……実は引退前のライブ行ったんだ」

まだ未華子と親密な関係になる前、独身を謳歌《おうか》している時に、このアーティストの引退を知った。ものすごくファンだったわけじゃないけれど、気がつけばいつも聞いていた曲ばかり。美嘉ともよく聞いていたし、ベストアルバムも何枚か持っている。

引退する前に一度くらい本物を見ておきたい、聴いておきたいと、ラストライブに応募してみたらまさかの当選。ペアチケットを手に入れたわけだが、一緒に行く人がいない。どうにか友人から探したところ、中川が一緒に来てくれることになった。

そうして男二人でライブに参加したわけだが、素晴らしいパフォーマンスに圧倒され、年齢を感じさせない完璧な歌唱力にも感動した。もっとこのアーティストのライブに行っておけばよかったと後悔するほどのクオリティの高さを、今でも鮮明に覚えている。

「私ね……実は、それ……知ってる」

「……え？」

「私もそのライブ行っていたんだ。……で、たまたま……修ちゃんを見つけた」

嘘《うそ》だろ⁉

驚きのあまり思わずハンドル操作を誤りそうになったところで我に返る。

「あんな何万人といる場所で、俺を見つけるなんてそんなこと――」

できるわけないと言いかけたけれど、転生なんて奇跡を実現させた未華子ならできないことはないかもしれないと思い直す。

地球上に何億人と人間がいる中で俺のもとにもう一度やってきた。あり得ないようなことをやってみせる人なのだから、可能性は充分にある。

「でも、本当にたまたまで……。一瞬チラッと見ただけだったの。だから確信は持てなかったんだけどね。今の話を聞いて私も驚いた」

「俺たちって、本当に縁があるんだな。そうじゃなきゃ、こんなふうに何度も出会ったりしないだろう」

「そうだね。……それだけじゃないんだけど」

「え？　何。他にも出会ってた？」

まさかと思って質問したのに、未華子はこくんと頷《うなず》く。

……マジか。

「いつ？」

「中学生の時、駅の近くの本屋さんで会ったことがあるよ。声をかけようかと思ったけど、中学生から声をかけられたら迷惑かなと思ってやめた」

「……ミカが中学生の頃って、ええと……」

中学生って十四歳くらいか。そうなると今から十年前。俺が三十三歳の時――

その頃は仕事に邁進《まいしん》していたな。管理職になるために、目の前にある仕事以上の仕事をしていたせいで、毎日疲弊《ひへい》していた。今みたいに働き方改革などなかったし、遅くまで残ってたくさん仕事をするのが美徳みたいな雰囲気で……

若くバリバリ仕事をしていた時期に出会っていても、未華子が言うみたいに完全に相手にしなかっただろう。

というか、犯罪だ、犯罪。

三十三歳の男が女子中学生と話していたら、変なことを疑われる。

「そのあと高校生の時もコンビニで見かけたし、大学生の時もカフェで見かけたりしていたんだけど……なかなか声をかけられなくて」

「確かに、声をかけられてもスルーしていたかもしれないな」

「でしょ？　だから、黎創商事に入って修ちゃんに近づこうと思って……でも黎創商事って人気企業じゃない？　だから就職できるか不安で、結果が出るまで気が気でなかった」

そこからも並々ならぬ努力を重ねて俺に会うために秘書課に来たのかと思うと、胸にこみ上げるものがある。

青春時代にも他の人と恋愛するわけでなく、ただひたすらに俺に向かって突き進んできてくれたことが嬉しい。

「……ありがとう。ミカには頭が上がらないよ」

「私だって。修ちゃんは、他の人と再婚しないでいてくれたじゃない？」

「……まぁ、そうだけど……」

それは美嘉がもう一度来てくれるのを待っていたわけではなく、そういう機会に恵まれなかったというか、何というか……。わざとそういうふうに持っていかなかったのもあるが……。再婚などしたいと微塵《みじん》も思っていなかったし、恋愛にも興味が持てなかったからだ。

その閉ざした気持ちをもう一度開けてくれたのは未華子だった。自分でも驚くほど彼女に夢中で、今はつらかった過去を忘れるくらいの幸せで満たされている。

「結婚したいと思えるほどの女性が、君以外現れなかった」

「…………っ」

本音を言ったつもりだが、未華子は何も言わず頬を赤く染める。そんな素直な反応をされるなど予想もしていなくて驚いた。

「そういうの、ズルいよ。もう～～っ」

「ええ？」

両手で顔を覆《おお》って俯《うつむ》き悶《もだ》えている姿が可愛くて、思わず笑みがこぼれる。何時間とかかるドライブは楽しく、あっという間に過ぎていった。

途中、パーキングエリアで休憩をしつつ、目的地に向かって車を走らせる。

早朝に出発したおかげで、お昼には目的地周辺に到着した。昼食をとったのち北陸の人気スポットをいくつか回り、チェックインできる時間になった頃に旅館へ向かう。

北陸地方の旅館の中でも特にハイクラスだと称されるその旅館に入ると、古風な日本庭園が広がる。二人で石畳の道を進んでいくうちに、立派な外観が見えてきた。

落ち着きのある和の雰囲気を大切にした空間は広々としていて、ロビーもラウンジもとても綺麗だ。

俺たちが案内された客室は、別邸にある和室で露天風呂付。窓を開放すると日本庭園が見え、長旅の疲れが一気に飛んだ。

「はぁ……すごいな」

「本当。癒《いや》される……」

二人でその景色にしばらく見惚《みと》れる。

そこから見える木の温《ぬく》もりを感じる露天風呂には天然の温泉水が引かれているようで、並々と溢《あふ》れるお湯から湯気《ゆげ》がたちこめ風に揺られていた。

「あぁ……最高。ねぇ、修ちゃん、一緒に入ろう？」

手を握られて、露天風呂のほうに連れていかれる。未華子に導かれるまま脱衣所に行くと、彼女は俺のシャツのボタンを一つずつ外し始めた。

「ここまで連れてきてくれてありがとう。お疲れさまでした」

「脱がせてくれるの？」

「お疲れだと思うから、私がしてあげる」

「……ありがとう」

シャツのボタンを全て外し終わると、腕から服を抜かれる。アンダーシャツも脱がされて、俺は上半身裸になった。

「いつ見ても修ちゃんの体って色っぽいよね」

「……そうかな？　おじさんの体に色気なんてないだろ？」

「あるよ。お腹《なか》だって引き締まってるし。……あ、筋肉。硬い」

お腹《なか》の辺りを撫《な》でる未華子を見つめながら、しばらく好きなようにさせる。

自分の言葉や行動が、どれだけ俺を誘惑しているのか知らないのか？

彼女はお腹《なか》を存分に撫《な》でたあと、ベルトのバックル部分に手を伸ばした。金具を外してベルトを抜くと、俺のほうを見上げてくる。

「脱がせてもいい？」

「……お好きにどうぞ」

「ありがとう」

俺の返事を確認して、未華子はベルトを抜き取る。彼女がボトムに手をかけたところで、俺も未華子の服に手を伸ばした。

トップスのファスナーを下ろしてやると、はらりと背中が見える。今日の下着は水色かと確認した。

シルク素材のブラジャーが見えている背中に手を入れて素肌を味わう。

「あ、もう……。くすぐったいよ。脱がせられなくなっちゃう」

「そう？　ごめんごめん。じゃあ、腕上げて」

未華子の腕から服を抜いていく。そしてするするブラのホックを外した。

ブラジャーが外れて張りのある美しい胸が全て見える。すぐに触れたくなるのをまだだとどうにか気を逸《そ》らし、デニムのボタンも外していった。

お互いのボトムを脱がし合い、そのまま下着もとる。目の前の妻は、恥ずかしそうに体を隠しつつ俺の体をじっと見つめた。

「どうしたの？」

「……修ちゃん、興奮した？」

年齢に関係なく、好きな女性の裸を見れば興奮する。俺の体が反応していることに照れているのかと気がつき、隠すことなく未華子を抱き寄せた。

「興奮したよ。……ダメだった？」

「う、ううん……ダメじゃないよ。あっ……もう、そんなに押しつけないで」

照れられると余計にしたくなる。でもあまりしつこくすると怒られる気がして、ある程度のところで引いておいた。

「行こうか」

「うん」

先ほど女将《おかみ》が説明してくれていたのだが、別邸は最近リニューアルしたばかりで、檜風呂《ひのきぶろ》やその周りも全て新しいらしい。目の前には手入れの行き届いた庭があり、竹が風に揺れている。

檜《ひのき》で造られたお風呂にはたっぷりの温泉が入っていて、未華子はその景色に歓喜のため息を漏《も》らした。

「素敵～っ。ねぇ、修ちゃん、早く入ろう」

「そうだな」

早々に体を洗って、俺たちは湯船に浸《つ》かる。外の清々《すがすが》しい空気を吸い、適温のお湯に浸《つ》かって一息つくと、日々の疲れが取れた。

「はぁ……最高」

「気持ちいいね」

二人で天気のいい空を見上げて、気持ちよさをしみじみと味わい、言葉を失う。黙ったまま一緒に過ごせる空気感が何とも言えない。

芯《しん》まで温まったところで、未華子は腰辺りまで身体を出して冷まし始めた。

「のぼせちゃいそう。温泉ってすごく温まるよね」

「そうだな。ミカの肌、ピンクになってる」

白く透《す》き通《とお》る彼女の肌が桃色になっているのを見て、収まっていたはずの欲求が湧き出してくる。

こんなところで、という自制心もそこそこに、彼女の隣に寄り添うように座った。

腰に手を回し、もう片方の手で彼女の顎《あご》を引き寄せくちびるを重ねる。

「……ん」

水気を含んだキスは、予想以上にいやらしい音を奏《かな》で、欲情を引き立てた。吸い寄せられるみたいに何度もキスを交わすうちに、俺の手は熱くなった未華子の体を撫《な》でている。

「……ダメ、修ちゃん」

誰かに聞かれちゃうかもしれないと、音量を抑えた声で囁《ささや》かれても止まれそうにない。隣同士で座っていたはずが、いつの間にか未華子の背後に回り、足の間に包み込むような体勢になっていた。

背後から濡《ぬ》れた首筋を舐《な》め、胸を揉《も》みしだく。何度もダメだとたしなめられるのに、それを無視して胸の先を摘《つ》まんで転がした。

「ゃ……っ、もう……。声出ちゃう……」

「我慢して。……見つからないように」

いつになく興奮しているのか、俺の悪戯《いたずら》は止《と》まることを知らない。彼女の太ももに手を回すと、ぐっと大きく開けて固定した。

「こんな姿見られたら大変だな」

「やめ……っ、恥ずかしいよ。ああ……もう、ダメ……」

綺麗にしたばかりの体はしっとりと汗ばみ、下半身の隠すべきところはもうすでに潤《うるお》っている。指で確かめるように撫《な》でてやると、ぬちゃ、と淫靡《いんび》な音を立てた。

「お湯じゃなさそうな音がしてる」

「あ……ぁっ、ん……」

「中も、もうぐちゃぐちゃ？」

指を入れてみると、存分に濡《ぬ》れているそこはみるみるうちに全てを呑み込んでいった。ビクンと体を震わせつつ、一生懸命声を出さないようにしている未華子が可愛い。

「……ふ、っ――」

「全部入った。……ここ、ミカの好きなところだよね」

「……!?　ぁ……ダメ……ッ！」

内側を指の腹で擦《こす》ると、未華子は俺の腕を掴む。それ以上してはいけないと阻《はば》まれたが、俺に止めるつもりは毛頭ない。このまま一気に追い込むつもりだ。

温泉で体が温まっているせいかイキやすくなっているみたいで、すぐに中が収縮し悦《よろこ》び始める。

気をよくした俺は、指戯を進めた。

「……あぁ……っ、修ちゃん……！」

「イッていいよ。……ほら。気持ちいいんでしょ？」

「ぁ……気持ち……い――っ。も……ダメ……。あぁっ」

俺の腕を掴む手が強くなったあと、一瞬、体が昇ったようだったが、しばらくすると彼女の力が抜けていった。絶頂を味わったその姿を見届けてから、俺はゆっくりと指を抜く。

「外でイッちゃうなんて、ミカはエッチだな」

「……修ちゃんのせいだからね。修ちゃんだって、興奮してたくせに……」

自分のお尻に当たっているものを指しているらしく、未華子は恨めしそうにこちらを睨《にら》んでくる。

そしてちゃぷんとお湯に体をつけ、俺の足元に顔を寄せた。

「足、開いて」

「……何をするつもりだ？」

「いいから」

浴槽の縁《ふち》に腰かけた俺の足を割り、その間に体を入れてくる。そして太ももにくちびるを寄せて、悩ましげな瞳でこちらを見つめてきた。

「お返ししてあげる。……声を出さないでね」

「……っ」

足の付け根に舌を這《は》わせて、くちびるで吸われる。

未華子にこういうことをしてもらうのは初めてな上に、外だ。まだ明るい時間から妻に何をさせているのだろうという背徳感で体が熱くなる。

「俺はいいから」

「ダメ。このままじゃ、フェアじゃないもん」

フェアじゃなくていいんだ――と止める前に、彼女はそこを舐《な》め始めてしまった。熱くて柔らかい舌から目が離せない。たっぷりと濡《ぬ》らしたあと、彼女は何の躊躇《ためら》いもなくそれを咥《くわ》える。

「いつ……こんなことを覚えたんだ……？」

俺は教えていないぞ、と気持ちよさと共に嫉妬《しっと》を覚える。

俺以外の男と一線を越えたことはないと言っていたが、こういうことだけは経験があったのかもしれないと、ふと考えた。

――浮かんだその光景に胸がキリキリと痛む。

「ん……。前に、修ちゃんが教えてくれたでしょ？」

「前……？」

未華子と体を交わらせる時にそんな話をしたかなと考えるが、思い当たる節がない。あれこれ考えを巡らせていると、口を離した未華子が話を続ける。

「美嘉に一生懸命教えてくれたのは、誰？」

そういえば美嘉と付き合っていた頃、初めて同士でお互いに上手《うま》くなかったから、技術の向上を目指してレクチャーをし合ったことがあった。今みたいにネットが発達していなかったので、ビデオを見たり本を読んだりして。

「そんな昔のことを覚えていたのか」

「ずっと忘れていたんだけどね、さっきふと思い出したの。修ちゃんは、こうしてほしいんだったなーって」

おしゃべりをしている間は口を離してもらえていたのに、再び口淫が始まる。彼女は自分の唾液で濡《ぬ》れたものを擦《こす》りつつ先のほうを口に収めた。

俺の好みを教えてしまっていたせいで、すぐに持っていかれそうになる。

しまったなと思った時には、すでに限界に近づいていた。

「……もう、大丈夫だから。離して」

未華子の頭を撫《な》でて、そう話しかけるけれど、聞き入れてもらえない。

先ほどの仕返しだと言っていたから、最後まで離すつもりはないのだろう。しかしこのままでは彼女の口の中で果ててしまう。中で出してはいけないと腰を引いた。

「ミカ」

けれど、にこっと微笑《ほほえ》みつつ愛撫《あいぶ》を続ける未華子の顔を見て、もう逃がしてもらえないことを悟《さと》った。そしてそのまま、彼女の満足いくまで好き放題される。

「……出たぁ」

「こら」

結局最後まで離してもらえなかったせいで、未華子の口の中で達してしまった。反撃できたと喜ぶ妻を見ていると、悪いことをしたのかいいことをしたのか分からなくなる。

俺は複雑な気分で嬉しそうな妻の頭を撫《な》でた。


二人はもう一度体を洗って部屋に戻り、熱くなった体を休めることにした。

ここは東京より過ごしやすい気候で、涼しい風が窓からそよいでくる。その後は浴衣を着て、部屋で他愛ない会話をしたり、庭の景色を見たりして過ごしていた。

夜になり、食事の準備がされる。部屋食となっているので、一番広いリビングのテーブルの上に立派な懐石料理が運ばれてきた。

この地方ならではの新鮮な海鮮物と食材、酒を振る舞われ、至福の時を過ごす。

「はぁ～、お腹《なか》いっぱい。こんな素敵な旅館に宿泊させてくれるなんて……さすが黎創商事だね。太っ腹！」

「社長の贔屓《ひいき》にしている旅館みたいだよ。さすがだよな、どれも一級品ばかりだ」

目の肥えた社長を満足させるだけあって、文句のつけようのない旅館だ。しっかりと行き届いたおもてなしと、温泉、そして料理。どれも非の打ちどころのないものばかり。

日頃の疲れが癒《いや》されるのはもちろんだが、こうして未華子と一緒にいられることに一番の価値を感じている。

「少し休憩もできたし、もう一度風呂に入るか？」

「そうだね。行こう」

部屋の中にお風呂があると、好きな時に入れるからいいなと考えつつ、俺たちは浴衣を脱いで、もう一度露天風呂に浸《つ》かった。辺りが暗くなってからの露天風呂は、間接照明に照らされて優雅な雰囲気に変わっている。

「はぁ……極楽」

「極楽って……。今時の子が言うセリフか？」

「そう？」

くすくすと笑い合い、俺は未華子の横顔を見つめる。

ほんの数ヵ月前までは、ただの部下だったのに。専務と秘書という、恋愛感情抜きの仕事上の関係だけだった。

彼女からプロポーズされた日のことを思い出して、度肝を抜かれたなと改めて思う。

「……何笑ってるの？　修ちゃんが思い出し笑いしてるなんて、珍しい」

「ミカからプロポーズされた日のことを思い出したんだ」

唐突に〝私と結婚していただけませんか？〟と言い出した秘書に、驚きを隠せなかった。確かあの日は会食のあとで少し酔っていたはずだが、その言葉で一気に酔いが吹き飛んだんだ。

「見事な豪速ストレートだったでしょ？」

「確かに」

何の計算も迷いもない、まっすぐな愛の告白だった。若さゆえの気の迷いだろうと相手にしなかったのに――元妻である美嘉の生まれ変わりだとは。

「修ちゃんは、本当に鉄壁だった……。全然相手にされていなかったもん」

「そんなことはないと思うけど」

未華子は女性としての魅力に溢《あふ》れている。彼女を意識しない男はいないだろう。……俺もその一人だった。行動に移すかどうかは別として。

「何度食事に誘ってみても、全然オッケーしてくれないし」

「なんで俺と一緒に食事をとろうとするのか謎だったんだよな。気を遣ってくれているのかと思ってた」

「違うよ～」

社員旅行の時も、秘書だからといって俺の傍《そば》を離れず、ずっと付き添ってくれていたことを思い出す。そこまで気を遣わなくていいよと声をかけても頑《かたく》なに受け入れず、少し離れた場所から俺を見守っていた。

「すごく真面目な子なんだろうなと思ってた」

「修ちゃんが他の女の人にちょっかいをかけられないか監視してたの」

「……監視」

まさかの返答に目を剝《む》く。

そこまでしてもらう価値のある男なのかは置いておいて、そんなに想ってもらえるなんてありがたい。未華子といると、いつも俺を一番に考え必要としてくれている存在がいる、と思える。

それからいろいろなことがあって俺たちは夫婦になったのだが、結局は俺が未華子を誰にも渡したくないという独占欲を抑えきれなかったのだ。

あれこれと言い訳を並べて、大人ならこうあるべきだと自分に説いてきたはずなのに、そんなの全部取り払って未華子を俺のものにしたいと強く願っていた。

今はもう何も咎《とが》めることはないし、二人の繋がりが深くなることも恐れていない。

「いつもありがとう。俺のことを愛してくれて」

隣に座っていた未華子の肩を引き寄せて、そっとキスをする。

「好きだよ」

心の底からそう思う。元妻の美嘉として好きというのはもちろん、未華子そのものにも惹《ひ》かれている。始まりは美嘉であることだったけど、今は未華子の全てが好きだ。「ミカ」という存在そのものを愛している。

「私も。修ちゃん、大好き」

見つめ返してくる彼女は、嬉しそうにはにかんで、俺にキスを返す。

「唐突な旅行だったけど……すごく楽しかったな。また行こう。二人の間に」

「……二人の間に？」

「だって、これから家族が増えるかもしれないだろ？」

そればかりしているわけではないが、夫婦になってからそれなりにそういう行為はしている。だからいつか家族が増える日が来る可能性がある。

その日が近いのか、遠いのかは分からないけれど、それまでは二人の時間を大事に、今しかできないことをしたい。

「修ちゃん〜〜っ」

急にスイッチが入ってしまったようで、未華子は両手を大きく広げて俺に抱きついてきた。

「何、なに!? どうしたの？」

「嬉しい、大好き、愛してるーっ」

どこでそのテンションに切り替わったのか、さっぱり理解できないものの、喜んでくれているのならいい。

とめどなく与えられるキスに抵抗することなく、可愛い妻からの愛情表現を受け入れた。呆《あき》れたような表情を浮かべているが、心の中では満更でもない。

「ねぇ、修ちゃん。お布団に行こうよ」

「ええ……？」

「さっきの続き、したい」

愛《いと》しい妻の要望にちゃんと応えられるかな……と不安に思いつつ、未華子のほうに視線を向ける。

「……犬みたいだな」

「犬？」

未華子のお尻に尻尾があったら、ぶんぶんと大きく振られているに違いない。忠誠を誓った飼い主にいつまでも愛情を注いでくれるワンコみたいな彼女。そんな可愛い女性が俺の妻だと思うと、顔が緩《ゆる》みそうになる。

「可愛いってことだよ。……さ、寝室に行こうか」

手を繋いで露天風呂を上がる。

このあと、もう一度このお風呂に入ることになるだろうなと考えながら、俺たちは寝室へ向かうのだった。

過去の恋愛のせいで、イケメンが苦手な琴美《ことみ》。ある夜、お酒に酔った彼女は社内一のモテ上司・青山《あおやま》と一夜を共にしてしまう！　彼が転勤するのを幸いとなかったことにしたつもりだったが……なんと二年後に再会！　強引さがパワーアップした彼に仕事でもプライベートでも迫られるようになって——!?

B6判　定価：本体640円＋税　ISBN 978-4-434-25445-1

～大人のための恋愛小説レーベル～

ETERNITY
エタニティブックス

隠れドSの超執着愛♥

総務の袴田君が
実は肉食だった話聞く!?

エタニティブックス・赤

花咲《はなさき》 菊《きく》

装丁イラスト／rera

営業事務の絵夢《えむ》は彼氏いない歴＝年齢（二十七歳）。……のはずが、飲み会の翌朝目覚めると、なぜか隣で裸の男が寝ていた！　彼は親会社から出向してきた、総務部の袴田《はかまだ》君。混乱して逃げ出した絵夢だけど、彼は後日、「好きです。結婚しましょう」と迫ってきて——？　隠れドSの執着愛に、息つく暇もなし!?　ドキドキが止まらないジェットコースターラブ！

※エタニティブックスは大人の女性のための恋愛小説レーベルです。ロゴマークの色で性描写の有無を判断することができます（赤・一定以上の性描写あり、ロゼ・性描写あり、白・性描写なし）。

詳しくは公式サイトにてご確認ください。
http://www.eternity-books.com/

携帯サイトはこちらから！

この作品に対する皆様のご意見・ご感想をお待ちしております。
おハガキ・お手紙は以下の宛先にお送りください。

【宛先】
〒150-6005 東京都渋谷区恵比寿 4-20-3 恵比寿ｶﾞｰﾃﾞﾝﾌﾟﾚｲｽﾀﾜｰ 5F
（株）アルファポリス　書籍感想係

メールフォームでのご意見・ご感想は右のＱＲコードから、
あるいは以下のワードで検索をかけてください。

アルファポリス　書籍の感想　検索

ご感想はこちらから

I《アイ》 was《ワズ》 born《ボーン》 to《トゥー》 love《ラブ》 you《ユー》 ～秘書《ひしょ》は前世《ぜんせ》の夫《おっと》に恋《こい》をする～

藍川せりか（あいかわせりか）

2019年 6月 30日初版発行

編集－黒倉あゆ子
編集長－太田鉄平
発行者－梶本雄介
発行所－株式会社アルファポリス
〒150-6005 東京都渋谷区恵比寿4-20-3 恵比寿ｶﾞｰﾃﾞﾝﾌﾟﾚｲｽﾀﾜｰ5F
TEL 03-6277-1601（営業） 03-6277-1602（編集）
URL http://www.alphapolis.co.jp/
発売元－株式会社星雲社
〒112-0005 東京都文京区水道1-3-30
TEL 03-3868-3275
装丁イラスト－一夜人見
装丁デザイン－AFTERGLOW
（レーベルフォーマットデザイン―ansyyqdesign）
印刷－図書印刷株式会社

価格はカバーに表示されてあります。
落丁乱丁の場合はアルファポリスまでご連絡ください。
送料は小社負担でお取り替えします。

ISBN978-4-434-26108-4 C0093